KB112288

음악은

흐른다

■ 이 도서의 국립중앙도서관 출판시도서목록(CIP)은
서지정보유통지원시스템 홈페이지(http://seoji.nl.go.kr)와
국가자료공동목록시스템(http://www.nl.go.kr/kolisnet)에서 이용하실 수 있습니다.
(CIP제어번호: CIP2020012368)

음 악 은

어 디 에 서 든 누 구 에 게 나

흐 른 다

최규승

마음산책

음악은
흐른다

어디에서든 누구에게나

1판 1쇄 인쇄 2020년 3월 25일
1판 1쇄 발행 2020년 3월 30일

지은이 | 최규승
기　획 | 한국문화예술교육진흥원
펴낸이 | 정은숙
펴낸곳 | 마음산책

편집 | 최해경 · 권한라 · 성혜현 · 김수경 · 이복규　디자인 | 최정윤 · 오세라
마케팅 | 권혁준 · 김종민　경영지원 | 박지혜

등록 | 2000년 7월 28일(제13-653호)
주소 | (우 04043) 서울시 마포구 잔다리로 3안길 20
전화 | 대표 362-1452 편집 362-1451　팩스 | 362-1455
홈페이지 | http://www.maumsan.com
블로그 | maumsanchaek.blog.me
트위터 | http://twitter.com/maumsanchaek
페이스북 | http://www.facebook.com/maumsan
전자우편 | maum@maumsan.com

ISBN 978-89-6090-613-6　03870

가정 형편이 어려운 아이는 사실,

악기를 접해볼 기회조차 없잖아요.

그런 아이들 중에서도 재능 있는 아이가 있을 거고,

음악을 재미있어 할 아이가 있을 텐데 기회가 없으니

어렸을 때 할 수 있는, 시도해볼 수 있는 한 가지를 잃은 거죠.

그런데 꿈의 오케스트라는 그걸 하잖아요.

우리 사회를 조율하는 차원에서요.

꿈을 연주하는 사람들을 기록하다

몇 해 전이었다. 예매한 음악회의 레퍼토리인 〈말러 교향곡 2번 '부활'〉을 공연 전에 들어보려고 유튜브를 검색했다. 익숙한 몇몇 지휘자를 건너뛰고 생소한 이름의 영상을 눌렀다.

음악이 흐른 뒤 얼마 되지 않아 나도 모르게 고개를 들었다. 말러의 교향곡은 대개 어둡고 무겁다. 더욱이 연주 시간도 길어서 가볍게 들을 만한 곡이 아니었다. 그런데 유튜브에서 흘러나온 그날의 말러는 묵직하기는 했지만 밝았다. 지휘자의 표정도 진지했지만 심각하지는 않았다. 그렇게 한 시간 삼십 분가량이 훌쩍 지나갔다. 구스타보 두다멜이 지휘하는 시몬볼리바르 유스오케스트라의 연주였다.

궁금했다. 도대체, 이 지휘자는 누구? 검색창에 그의 이름을 쳤다. 그와 관련된 정보가 주르르 쏟아졌다. 베네수엘라, 마약·폭력·빈곤, 아브레우 박사, 엘 시스테마, 시몬볼리바르 유스오케스트라…… 그리고 꿈의 오케스트라. 내가 알고 있던 유일한 남미의 음악가인 피아졸라와 함께 두다멜은 그때 내 기억 속에 확실하게 자리 잡았다.

두다멜을 비롯한 개성 있는 음악가를 배출하면서 엘 시스테마는 세계 음악계의 주목을 받게 된다. 빈곤과 범죄에 노출된 베네수엘라의 아동·청소년을 위한 사회 프로그램으로 1975년 출발한 엘 시스테마는 이후 미국·영국 등 세계 여러 나라에 도입된다. 그렇게 해서 2010년, 엘 시스테마 코리아, 꿈의 오케스트라(이하 '꿈오')가 탄생한다.

두다멜의 말러를 들은 몇 년 후, 나는 '꿈오'를 다시 만났다. 한국문화예술교육진흥원(이하 진흥원)의 '일상의 작가'라는 가족 글쓰기 프로그램에 자문으로 참여할 때였는데, '꿈오' 10주년을 맞아 '꿈오'의 이야기를 책으로 발간한다는 기획을 듣게 되었다. 그때 나는 무엇에 이끌린 사람처럼 그 책의 원고를 맡고 싶다고 했고, 맡게 되었다. 휴전선 접경의 연천에서부터 남해안 통영까지 '꿈오' 사람들을 만나 취재하고 인터뷰하는 시간은 흥미롭고 감동적이었다. 여행처럼 설레고 즐거웠다.

'엘 시스테마'는 스페인어로 '시스템'이란 뜻이다. 그렇지만 프로세스가 일목요연하게 정해져 있지 않고 나라와 지역에 맞게 합리적인 운영과 교육 방식을 채택하는 열린 시스템이다. 베네수엘라의 엘 시스테마는 민간단체(재단)가 주관하지만, 한국의 '꿈오'는 정부가 일정 기간 재정을 지원하면서 각 지역 운영 단체의 자립을 돕는 방식으로 '음악을 통해 성장하는 아이들, 아이들과 함께 변화하는 지역사회'를 지향한다.

　지난 10년 동안 '꿈오'는, 민주 사회에 걸맞은 교육관을 가진 음악(교육)가가 아동 청소년 단원과 함께 자유롭고 즐거운 분위기에서 경청과 표현, 배려와 화합으로 음악을 가르치고 배우며, 오케스트라 하모니를 이루어가는 프로그램으로 우리 사회에 자리매김했다. 악기를 배우고 음악을 가르치는 '꿈오' 사람들은 대개 음악을 통해 기회를 만나고, 성장하고, 다시 도전하는 과정을 거쳐왔다.

　지방자치단체와 협력 기관(대학·지역 오케스트라 등)의 도움을 받아, 거점기관(재단·위원회·문화원·시설관리공단·수련관 등 다양한 운영 단체)의 음악감독, 교육강사, 코디네이터, 행정가 등이 아동 청소년 단원과 함께 오케스트라의 꿈을 이루어간다. '꿈오' 사람들은 단원과 거점기관의 선생님들을 비롯해, 문화체육관광부와 한국문화예술교육진흥원의 관련 인력에서부터 지역사회의 협력 단체와 개인, 가족과 지인에 이르기까지 그 수가 결코 적다고 할 수 없다.

　'꿈오'가 10년 동안 알찬 성과를 쌓아올 수 있었던 것은 '꿈오' 사람들의 헌신과 관심이 바탕에 깔려 있기 때문이다. '꿈오'는 사람이 곧 목표이고 성과라고 할 수 있으며, 우리 사회의 '기울어진 운동장' '불균형한 출발선'을 넘어서는 계기를 제공하기도 한다. '상대적 박탈감'과 '지역 차별'이란 말이 낯설지 않은 우리 사회에서 '꿈오'는 주로 취약 계층의 아동 청소년에게 악기를 배울 수 있는 기회를 제공한다. 더불어, 지역사회에 뿌리 내리는 음악가를 배출한다. 음악가로 성장한 아이들이 다시 '꿈오'의 선생님으로 돌아오고, 음악으로 성장한 아이들이 지역 예술을 향유하는 든든한 후원자로 자리하는 구조는 이제 더 이상 꿈이 아니다.

'꿈오'는 지나온 10년을 바탕으로 다음의 10년을 준비하고 있다. 그 준비의 내용은 거점별로 다양하다. 이 책에는 이들이 지나온 10년과 준비하는 10년의 이야기를 모았다. 시간이 부족해 모든 거점을 두루 살피지 못한 아쉬움은 있지만, 여기 한 사람 한 사람의 이야기는 또한 '꿈오' 사람들 모두의 이야기이기도 하다.

이 책을 마무리하는 지금, 첫 만남이 눈앞에 선명하게 떠오른다. '꿈오' 충주의 트럼펫 파트의 한 아이, 온몸의 힘을 작은 손끝에 모으고 두 볼이 볼록해져 상기된 얼굴. 그 모습이 '꿈오'의 지나온 10년과 다가올 10년을 상징한다. 그 아이의 꿈은, 그리고 '꿈오' 사람들의 꿈은 미래에 있지 않고 지금 바로 여기에 있다. '나는 연주한다, 내가 되고 싶은 그 꿈을.' 그 모습과 이야기를 나는 기록했을 뿐이다. 그럼에도 인터뷰이를 비롯한 '꿈오' 사람들과 출판사의 도움이 없었다면 이 글은 마무리할 수 없었을 것이다. '꿈오' 사람들을 만나는 데 튼튼한 다리 역할을 해준 진흥원의 최지인 주임과 거친 원고를 깔끔하게 다듬고 옷을 입혀준 마음산책에 특별히 감사드린다.

2020년 봄,

최규승

· 일러두기

1. 외국 인명, 지명 등은 외래어 표기법을 따르되 관용적인 표기와 동떨어진 경우 절충하여 실용적인
   표기를 따랐다.
2. 영화, 공연, 음악 등은 〈 〉로, 시 제목은 「 」로, 책 제목은 『 』로 묶었다.
3. 본문에 인용된 김춘수의 「꽃」은 한국문학예술저작권협회의 허가를 얻어 수록하였다.

CHANGE

변화를 이루다

CHALLENGE
도전을 더하다

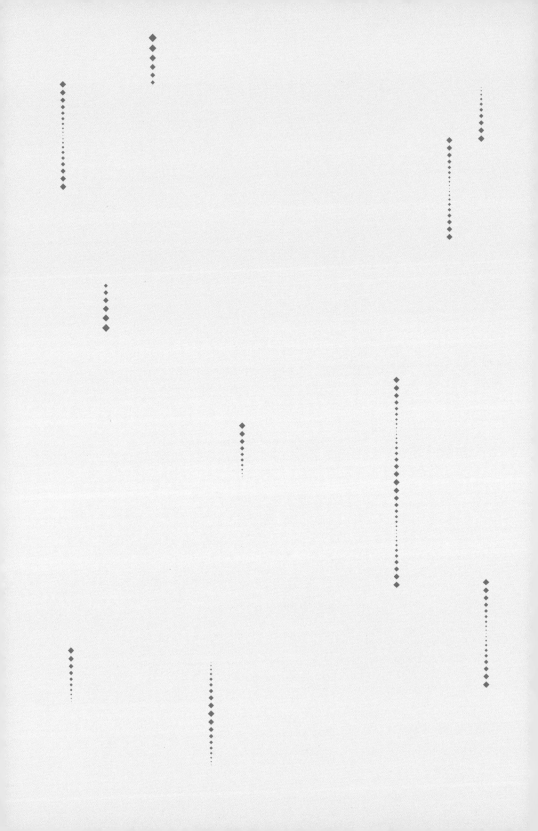

꿈을 만나다

꿈의 오케스트라('꿈오')를 만난다는 것은 특별한 기회다. 단원으로 참여하는 아이들은 특히 그렇다. '꿈오'는 단원의 60퍼센트 이상을 저소득층, 한부모 가정 등 소외 계층의 아이들로 우선 선발한다. 세상이 아무리 '꿈'을 강조해도 가정 형편상 도저히 꿈을 꿀 수 없는, 아니 애초에 그 목록에 들 수 없는 것 중의 하나가 클래식 악기를 배우는 것이 아닐까. 나머지 40퍼센트의, 이른바 일반 가정의 아이들도 특별한 계기가 없는 한 클래식 악기를 연주할 기회는 그리 많지 않을 것이다.

아이들뿐만 아니라 음악감독·교육강사·행정 담당자 등, '꿈오 사람들' 또한 '꿈오'와 만나는 일은 특별하다. '꿈오'라는 작은 공동체 안에서 그들은 새로운 실험을 한다. 지금까지 알고 있던 것을 버려야 하고, 새로운 방식을 배워야 한다. 다른 사람들과 하모니를 이뤄가려면, 단순히 음악 지식과 연주 기술을 가르치고 배우는 데 그치지 않고, 마인드를 바꿔야 하기 때문이다. 이렇게 '꿈오 사람들'의 꿈과 고민이 음악과 만난 이야기, 그 순간의 '첫걸음', 낯설지만 따뜻하고, 벅차지만 즐거운 이야기를 듣는다.

표정을 보여줘,
그게 음악이니까

꿈의 오케스트라 '부산광역시 동구' 최광섭(음악감독)

학부 때까지 록밴드에서 베이스기타를 연주하며,
독학으로 음악 이론을 공부했다. 대학 졸업 후
첼로를 시작, 음대에 편입해 러시아 유학을 다녀왔다.
어떤 음악이든 소화하는, 3년 차 '꿈오' 부산의
2년 차 음악감독이다.

클래식 음악도 당시에는 유행가, 즉 팝 음악이었다. 바로크 음악도 낭만주의 음악도 모두 당대 서양에서 사람들의 마음을 사로잡았던 팝 음악이다. 그중에서 시대를 넘어 사람들의 마음을 울린 음악이 바흐이고, 모차르트이고, 베토벤이고, 브람스이고, 말러이고, 시벨리우스이다. 그 시대 그 음악이 지금 여기에서 '리메이크' 되고 '커버' 된다. 클래식 음악의 재해석은 그러므로 연주가의 몫인 것이다. 지금도 많은 음악이 현대음악이란 이름으로 작곡되고 연주되지만, 어쩌면 미래의 어느 날 클래식 음악으로 재해석되는 곡은 비틀즈, 퀸, U2, BTS의 노래일지 모른다.

클래식 음악과 팝 음악이 만나는 방식은 여러 가지다. 팝 음악을 클래식으로 편곡해서 연주하는 방식이 있고, 클래식 음악을 팝 음악으로 편곡하여 들려주는 방식이 있다. 이를 흔히 '크로스오버 뮤직'이라고 한다. 넘나듦이 상식이 된 시대, 이런 구분조차 무의미할지 모른다. '꿈오'에서 연주되는 많은 곡이 이와 같은 넘나듦의 곡이다. 그 자유로움 속에서 아이들은 꿈을 연주한다.

손끝의 에너지가 이끄는 지휘

'꿈의 오케스트라 부산광역시 동구'('꿈오' 부산)의 음악감독 최광섭. 그가 지휘대에 오르면 아이들은 다시 힘을 받는다. 신들린 듯, 지휘하는 모습은 마치 춤을 추는 듯하다. 지난 2019년 4월

말 아산 현충사에서 열린 '성웅 이순신 축제'에서 그의 진가가 유감없이 발휘되었다. 공연은 야외무대에서 진행되어서 봄 햇살이 매우 따가웠다. 차양도 없는 무대에서 아이들은 긴장을 유지하며 오랜 시간 연주했다. 이순신의 발자취가 어린 아산·목포·통영·부산의 '꿈오'가 합동으로 공연을 했는데, 마지막 지휘자로 '꿈오' 부산의 최광섭 감독이 올랐다. 지친 아이들의 긴장이 조금씩 풀려갈 때 손끝에 힘을 모아 마치 에너지를 던져주듯 춤추는 지휘. 아이들은 어느새 '에네르기 파워'에 휩싸여 연주에 활기를 되찾았다.

마치 관록의 지휘자처럼 단원인 아이들과 호흡을 맞춰온 듯한 최광섭 감독. 그런데 그는 3년 차 거점기관꿈의 오케스트라를 운영하는 각 지역의 단체를 아우르는 명칭. 여기에는 재단, 공단, 문화원, 수련관 등 다양한 기관 또는 단체가 있다. 세부 내용은 247쪽, '꿈의 오케스트라' 사업운영 현황 참고이었던 '꿈오' 부산에 2019년 3월에 부임한 2년 차 음악감독이었다. 성웅 이순신 축제 합동 공연까지 한 달 남짓 남은 시점에 아이들을 만나, 얼굴도 모두 익히지 못한 채 멀리 아산까지 아이들을 이끌고 1박 2일 공연 여행을 다녀왔던 것이다. 그럼에도 특유의 에너지 넘치는 지휘로 아이들을 사로잡으며 연주에 활력을 넣었다. 그 에너지는 어디에서 나오는 걸까?

그는 이력이 특이하다. 록 음악 활동을 하던 이공계 출신의 첼로 전공자로, 음악감독이 된 사람이다. 의사 출신의 음악가는

종종 있지만, 도시설계를 전공한 클래식 음악가는 아마 흔치 않
을 것이다. 더욱이 첼로를 시작한 것도 무려 대학 졸업 후였다.
그를 클래식 음악가로만 한정한다면 그의 사고와 활동을 포괄하
지 못한다. 음악 장르 안팎으로 넘나들던 이력에서 아이들에게
기운을 북돋우고 관객들에게는 흥을 주는 그의 지휘 스타일이 나
오는지 모르겠다.

음악은 흐른다 ∼∼∼∼∼∼

'록 스피릿' 넘치는
공대 출신 첼리스트

"저는 경남 김해의 '깡촌'에서 태어났어요. 산을 한두 개 넘어야 학교에 다닐 수 있는 곳이었죠. 그럼에도 교회에 다니시던 부모님의 영향으로 어릴 때부터 음악적인 환경에서 자랐대요. 아무리 시골이어도 교회에는 풍금이 있잖아요. 찬송가를 불러야 하고, 그걸 반주해야 하니까요. 저는 그때 하모니카도 불고 리코더도 불곤 했죠. 뭐 지금은 흔한 악기지만 그때는 그마저 참 귀한 악기였어요.

그러다가 초등학교 3학년 때 부산으로 전학을 오게 됐어요. 대도시에 오니까 하고 싶은 악기가 더 많아졌죠. 기타도 초등학생 때부터 치게 되었어요. 다른 건 몰라도 악기는 하고 싶은 게 생기면 고집을 꺾을 수 없었다고 하네요."

마치 다른 사람의 이야기인 것처럼 전하는 '능청'도 그의 에너지원인지 모르겠다. 아무튼 그는 그렇게 기타를 치고 악기를 배우고 하면서 고등학교에 진학하게 된다. 그가 들어간 고등학교는 미션스쿨이었는데, 교목校牧 선생님이 기타 치고 노래할 아이들 몇몇을 모아 스쿨밴드를 만들었다. 가스펠송도 불렀지만 대중음악, 팝송 등 다양한 레퍼토리를 소화했다. 그는 베이스기타를 맡았다. 공부를 잘하던 그는 밴드 활동으로 성적이 아래로 곤두

박질치기 시작했다. 하지만 한번 빠진 음악에서 헤어나기는 쉽지 않았다. 음악을 계속하고 싶었지만 당시에는 실용음악과가 없었기 때문에 할 수 없이 공대에 진학하게 되었다.

"공대에 들어가서도 음악 공부만 했어요. 음악 이론을 혼자서 공부했던 거죠. 밴드 음악을 하더라도 공부 없이는 '맨날' 하던 것만 하게 되거든요. 화성학, 대위법 등 음대에서 배우는 것을 혼자 공부했죠. 대학생 때는 헤비메탈, 하드록 등 록 음악에 빠졌는데, 악보를 구하기 너무 힘들었어요. 그래서 음반을 듣고 악보를 만들려다 보니 이론 없이는 안 되겠더라고요. 그래서 열심히 공부했죠."

그렇다고 학과 공부를 소홀히 한 것도 아니었다. 함께 졸업한 동기 중에 유일하게 도시계획기사 1급 자격증 시험에 붙은 것이다. 부산시 공무원으로 취업이 보장되어 있었지만, 그는 다시 한번 '삐딱선'을 탄다. 취업을 권하는 교수님께 "아무래도 음악을 계속해야겠다"는 말을 남기고 '그쪽' 세상에서 완전히 나오게 된다.

"음악을 계속하고 싶다고는 했지만, 그렇다고 지금까지 해오던 록 음악으로는 어려울 것 같았어요. 생계도 생계지만 나이트클럽에서 활동하는 것으로는 교회 다니시는 부모님을 더 이상 설득할 수가 없을 테니까요. 그래서 음대 진학을 생각했던 거예요. 베이스기타와 가장 가까운 악기를 찾다 보니 첼로가 눈에 들

음악은 흐른다 ~~~~~~~

어왔어요. 그때부터 1년 동안 레슨을 받으며 손가락에 피멍이 들 정도로 연습을 했죠. 자신감은 있었지만 그렇게 힘들 줄은 몰랐어요."

그 어려움을 이겨내고 그는 음대에 편입하게 된다. 몰입하면 끝장을 보는 기질로 난관을 돌파해왔던 그답게 음대도 졸업할 때까지 장학금을 받으면서 다녔다. 실기뿐만 아니라 탄탄하게 쌓아온 음악 이론이 높은 학점을 받는 데 한몫했기 때문이다.

"스무 살이 훨씬 넘어 첼로를 시작했지만 늦게 배운 도둑질이 무섭다고 정말 물불 가리지 않고 열심히 했죠. 한번은 콩쿠르에 응시해서 협연할 기회를 갖게 되었어요. 하지만 무대에 섰는

데 너무 떨리는 거예요. 지금도 혼자서 연주할 때는 괜찮은데 무대에 서면 도저히 연주를 못하겠더라고요. 지휘는 괜찮은데 지금도 무대에서 연주하는 건 좀 힘들어요. 공부는 끝없이 계속했죠. 재미있었거든요. 대학원을 마치고 러시아로 유학을 갔어요. 첼로를 더 잘하기 위해. 유학한 러시아 대학은 지휘로도 유명한 학교여서 복수 전공으로 지휘도 공부하게 되었어요. 그렇게 여기까지 온 거죠."

아이들의 소리,
울퉁불퉁하지만 멋진 집과도 같은

그는 유쾌하다. 그런데 그 유쾌함은 꼭 성격 덕분만은 아닌 것 같다. 어렸을 때부터 악기를 배웠고, 가스펠부터 대중음악, 팝송, 헤비메탈을 거쳐 클래식까지, 그리고 그 모든 것을 아우르는 지휘자가 되었다. 그 과정에서 접한 다양한 장르의 음악과 인생의 어려움을 이겨낸 달관이 버무려져 그의 유쾌함은 완성된다. 또한 도시 설계를 전공한 그에게는 유쾌함 이면에 치밀함이 있다. 정확한 소리에서 미세하게 벗어나는 아이들의 소리를 도대체 그는 어떻게 견디고 조율해나가는 걸까?

"아이들 소리, 실은 듣고 있기 힘듭니다. 힘들죠. 그런데 생

음악은 흐른다 ~~~~~

각하기 나름인 것 같아요. 음악에서 음은 점으로 표현할 수 있을 것 같아요. 하지만 우리 아이들의 소리를 저는 선으로 보자, 이렇게 생각하고 있어요. 중간에 음이 이탈해도 멈추고 제대로 소리를 내라고 다그칠 수도 없고, 그래서도 안 돼요. 그러면 아이들이 금방 싫증을 내기 마련이니까요. 슬쩍슬쩍 벗어나도 끊지 않고 합주를 합니다. 그러다 보면 아이들의 소리는 선으로 이어지고 그게 쌓여서 면이 되고 건물이 되거든요. 그 건물이 어른들이 설계한 건축물처럼 네모반듯하지는 않지만 울퉁불퉁하더라도 멋진 집이 되는 거예요. 마치 가우디 건축처럼……. 정확한 음을

내는 방법은 파트 연습 때 선생님들이 지도를 할 것이고, 무엇보다 그건 개인 연습을 많이 할수록 되는 거니까, 기다려야죠. 시간도 안 주고 다그친다고 되겠어요?"

공학도 출신 음악가답게 그는 음악을 건축적 구조로 설명한다.

음악감독으로 부임한 첫해에 바로, '성웅 이순신 축제' 합동 공연, 지역의 차이나타운 축제 등 많은 공연을 준비해야 하는 어려움을 겪으며 최광섭 감독은 자세를 낮춰 아이들과 눈을 맞추기 시작했다. 한국문화예술교육진흥원(이하 진흥원)에서 진행하는 이런저런 프로그램 중에서 특히 아이들과 소통하는 방법에 관한 워크숍이 큰 도움이 되었다. 자신이 자랄 때와는 너무도 다른 아이들의 환경과 세계를 이해할 수 있었을뿐더러 어떤 식으로 아이들과 교감할지, 소통의 기술을 배울 수 있어서 초보 음악감독에게는 더없이 좋았다.

아이들의 발걸음에 맞추어
꾸준히

그가 몸담은 '꿈오' 부산은 2020년, 4년 차에 접어들었다. 2020년은 지역협력 거점이 되는 해이므로 구립 오케스트라로 자립하기 위해서 미리, 조례 제정 등 신경을 쓸 부분이 많다. 또한

강사들이 1년씩 재계약을 하게 되어 있는데, 계약 방식은 바꿀 수 없더라도 실질적으로 다음 해에도 교육을 이어갈 수 있는 조건을 마련할 필요가 있다. 활동면에서는 2019년보다 찾아가는 지역 공연을 더 늘려야 한다. 부산 동구 지역은 문화 환경이 열악하기 때문에 세대와 지역의 성격에 맞는 곡을 레퍼토리로 확보해 어떤 공연 요청에도 제대로 대응하려고 계획하고 있다.

그는 이제 특유의 친화력으로, 에너지로 아이들과 함께한다. 앞에서 빨리 따라오라고 다그치지도 않고, 뒤에서 어서 가라고 밀지도 않는다. 아이들의 발걸음에 맞춰 걷는다. 걷다가 아이들이 지치면 잠시 쉬었다 가기도 한다. 아이들 사이에서 '키 큰 아이'가 되어 함께 웃고 떠들고 걷는다.

아이들이 굳은 자세로 무표정하게 악기를 연주할 때가 가장 마음이 아프다는 그는 '꿈오' 부산의 '우리' 아이들에게 이렇게 말한다.

"틀려도 괜찮아. 어려운 부분은 쉬어도 좋아. 웃는 얼굴, 찡그린 얼굴, 신난 얼굴을 드러냈으면 좋겠어. 그게 음악이니까, 악기로 소리 내기 어려우면 표정으로 연주를 들려줘."

음악은 흐른다 〰〰〰〰〰〰〰

바닥에서부터 시작하는
음악교육

꿈여울광산청소년오케스트라 이준행(음악감독)

가족오케스트라 프로그램을 6년 동안 진행하며
엘 시스테마에 대한 이해를 높여왔다. 명상과 요가를
연습에 접목하기도 하고, 한국 아동에게 부족한
음정·박자·리듬 교육, 오케스트라의 민주적 단원
조직 구성 등, 아이들을 중심에 둔 다양한 교수법을
고민하고 있다.

셔틀버스는 광주의 서쪽 동네, 구석구석을 한 바퀴 돌면서
아이들을 태운다. 광주공항과 광주송정역이 있는 광산구. 기찻
길이 남북 X자로 지나는 곳, 마을은 철길이 나누고 마을과 마을
을 잇는 찻길은 철길 위로 날거나 아래로 파고든다. 주택과 아파
트 사이에 남아 있는 논밭을 끼고 지나기도 한다. 아이들은 삼삼
오오 두런두런, 때론 와글와글 기다리다 버스에 줄지어 탄다. 농
공 단지 골목을 이리저리 들어가 이윽고 버스가 도착한 곳, '소촌
아트팩토리'.

연습실에 모인 아이들이 악기를 잡기 전에 마룻바닥에 눕는

다. 조용한 음악이 깔리고 요가 자세를 응용한 동작을 하면서 마음을 모은다. 배경음악은 조용하고 아이들은 더 조용하다. 동작을 따라 하며 몸을 푼 아이들이 이제 자세를 바로 하고 눈을 감는다. 감은 눈 속에 하늘이 펼쳐진다. 아이들은 새가 된다. 땅을 박차고 하늘로 오른다. 저 아래 산과 산을 가르며 강물이 흐른다. 날개를 펄럭이며 강물을 따라간다. 드디어 바다, 모든 것을 받아주는 바다, '아이들 새'가 풍덩, 빠진다.

'꿈여울광산청소년오케스트라'('꿈오' 광산)의 음악감독 이준행. 그는 2019년 걸음마를 시작한 새내기 감독이다. 하지만 그는 '꿈다락 토요문화학교 가족오케스트라'('가족오케스트라')를 엘 시스테마의 방식으로 6년 동안 진행해온, '오래된' 새내기 감독이다. 또 바이올리니스트이자 지휘자이다.

"아주 어렸을 때 바이올린을 배웠어요. 처음에는 재미있었는데 점차 어려워져 흥미를 잃었죠. 그만뒀어요. 그렇게 잊고 지

내다가 중학교 때였을 거예요. 사춘기쯤의 어느 날, 바이올린 소리를 다시 만난 거예요. 기억 저 밑에 있던 그 소리, 그 감각이 되살아났죠. 마치 오래전에 헤어졌던 친구를 만난 것처럼 반가웠죠. 오케스트라 단원으로 들어가 다시는 너와 헤어지지 않겠어, 하는 심정으로 바이올린과 사랑에 빠졌습니다. 그런데 이번에는 부모님이 반대하셨어요. 중간에 쉰 기간 때문에 전공하기엔 어렵다고 생각하셨던 것 같아요. 그래서 일단, 인문계 고등학교에 진학을 했죠."

하지만 다시 만난 바이올린을 그는 놓을 수 없었다. 부모님의 반대에 맞서기도 하고 설득도 하면서 바이올린과 함께했다. 마침내 음대에 진학해서 바이올린에 푹 빠져 지내게 되었다. 바이올린을 연주하는 시간이 정말 꿈만 같았다. 군대를 다녀와서 유학을 가게 되었는데, 현악 앙상블을 이끄는 데 필요할 것 같다는 생각에 지휘도 전공했다.

'가족오케스트라'에서
'꿈오'로 이어진 음악교육의 꿈

지휘를 배우고 돌아오니 바이올린 연주자일 때보다 더 많은 일이 주어졌다. '가족오케스트라' 프로그램도 그중 하나였다. 실제 악기를 배운 적이 없는 가족 구성원의 다양한 연령층이 모여 악기를 배우고, 앙상블을 이룬다는 취지는 좋지만 그 과정이 말처럼 쉬워 보이지 않았다.

"예술 행정은 기준과 프로세스가 있었지만 예술교육은 프로그램을 진행하면서 수정 보완해가는 방식인 듯했어요. 큰 그림과 현장의 디테일은 다르니까요. 전 세대를 아울러서 오케스트라 교육을 한다는 게 쉽게 그릴 수 있는 그림은 아니었어요. 좋아하는 악기를 개인이 혼자 연주하도록 가르치는 것도 아니고요. 무려, 오케스트라잖아요. 또 이게 '꿈오'처럼 지속 사업이 아니라 1년 단위 사업이었어요. 저는 다행히 매년 지원 대상에 선정돼 6년 동안 '가족오케스트라'를 진행할 수 있었죠."

그는 '가족오케스트라'가 한국형 엘 시스테마라고 생각했다. 엘 시스테마를 시작한 베네수엘라는 창립 당시인 1979년 절대 다수의 아동·청소년이 빈곤, 마약, 총기 등에 노출되어 있는 상황이었다. 이들의 손에 악기를 쥐여줌으로써 아이들이 범죄에서 벗어나고 사회에 통합되어갔지만 한국 사회의 문제는 다르다는 것이다.

"우리 사회의 노령화 문제, 입시·자살 등 청소년 문제, 가족 해체 등은 그 뿌리를 찾아가보면 거기에는 안정적이지 못한, 민주적이지 못한 가정환경이 있다고 봐요. 단순히 빈곤 문제와는 다른 거죠. '가족오케스트라'가 그 모든 사회문제를 해결할 수는

음악은 흐른다 ~~~~~~~~~

없겠죠. 하지만 음악이, 오케스트라가 해결의 단초를 마련해줄 수 있다고 생각해요. 가족 간의 소통이 수평적이고 민주적이 되면 갈등도 해소되고 마음의 상처도 치유할 수 있거든요."

세대 간 소통을 음악으로 한다는 것은 오케스트라의 하모니를 만드는 것이다. 먼저 배웠거나 습득이 빠른 사람이, 세대에 관계없이 다른 이를 가르치는, 피어티칭Peer Teaching, '동료 학습'을 뜻하는 것으로 엘 시스테마 음악교육의 특징 중 하나다. 엘 시스테마는 단순히 기량을 기르는 것뿐만 아니라 서로 배려하고 소통하는 동료 관계를 만들어가는 것을 목표로 한다이 수평적으로 이루어진다. 항상 어른이 아이들을 가르치는 것이 아니라, 오히려 아이들이 어른을 가르치기도 하면서 '서로 배움'이 가능하다. 집에서 엄마의 잔소리를 듣던 아이가 엄마에게 악기를 가르치고, 엄마는 아이의 잔소리를 듣는 과정에서 서로 입장을 이해하게 된다. 그가 생각하는 한국형 엘 시스테마는 이처럼 '민주적 가족 관계'라는 하모니를 오케스트라 음악으로 이루어가는 과정이다.

"이런 생각으로 '가족오케스트라'를 진행하면서 엘 시스테마를 공식적으로 표방하는 '꿈오'가 너무 궁금했어요. 그래서 올해 첫걸음을 떼는 '꿈오' 광산의 음악감독을 맡았습니다. 이제까지 우리 사회의 음악교육은 음악보다는 양극단, 즉 한편에서는 테크닉을, 다른 한편에서는 악기 체험만을 가르쳐왔다고 봐요. 그런 시스템이다 보니 학교에서 아무리 악기 교육을 해도 흐지부지되고 아이들도 음악을 즐기기 힘들거든요. 격려하고 칭찬해야 한다고 누구나 말하지만 그렇게 못하는 이유를 생각해봐야 해요.

물론 이 문제가 사회나 제도에서 비롯한 것이기도 하지만, 해결의 실마리는 개개의 음악교육자가 풀어야 해요. 그런데 잘못을 지적하는 게 몸에 밴 우리 어른들이 아이들을 가르치니 몸 따로 마음 따로인 거죠. '가족오케스트라'나 '꿈오'는 우회적이지만 그 나름대로 음악의 본질에 다가가 사회적인 소통을 하려고 부단히 노력하는 것 같아 좋아요. 음악을 즐기려는 사람이 많이 나오는 것도 좋고요. 단순히 '우리 애가 어떤 수준의 곡을 연주해요' 하는 것이 아니라……. '꿈오'의 성과는 결국 아이들, 선생님들을 비롯해서 '꿈오'와 어떻게든 연관을 맺었거나 맺고 있는 사람들이겠죠."

음악의 본질은
'음정·박자·리듬으로 노는 것'

하지만 '꿈오'에 이렇게 애정이 많은 그도 생각보다 이 시스템이 여러모로 닫혀 있다고 생각한다. 그리고 음악적으로는 본질에 제대로 다가가지 못하고 있다는 것도 고민거리다.

"한국형 엘 시스테마를 표방한 지 어느새 10년이 되었잖아요. 이제는 '한국형'이라는 표현도 버리고 해외의 엘 시스테마에 기대지 않아야 한다고 생각해요. '꿈오'는 엘 시스테마를 벤치마킹한 것인데 10년이 지났으니 여기에서 벗어나 우리 사회가 필요로 하는 음악교육의 한 방식을 만들었으면 좋겠어요.

음악의 본질은 '음정·박자·리듬으로 노는 것'인데, 베네수엘라 아이들은 이런 것이 몸에 배어 있거든요. 우리가 흔히 '남미 특유의 리듬감'이라고 하는 거 말이에요. 그런데 우리 아이들은 이게 참 부족해요. 특히 리듬감이 그래요. 그래서 악기를 주기 전에 이 세 가지를 재미있게, 예를 들면 놀이를 가미한 방식이나 합창을 통한 방식으로 몸에 배게끔 한 다음, 악기를 가르쳐서 오케스트라 하모니를 이루게 하는 게 필요하지 않을까요? 이걸 각 거점 스스로 알아서 하는 데에는 시간이 오래 걸릴 테니 진흥원과 각 거점이 머리를 맞대고 고민해서 방안을 마련할 필요가 있습니다."

　　그는 '꿈오'를 통해 아이들이 얌전해졌다고 무조건 좋아해서는 안 된다고 생각한다. 치료를 받아야 할 정도로 산만한 아이들이 차분해진 데에는 음악으로 치유된 면이 있지만, 활동적인 아이들까지 차분해지는 것은 그 아이의 '개성'을 '사회화'란 이름으로 누르는 게 아닌지 돌아보아야 한다는 것이다. '사회화'의 과정에서 어떤 식으로든 어른의 간섭과 억압이 있을 수 있기 때문이다. 그때 아이들은 재미를 몸에 익히는 것이 아니라 어른들의 요구에만 따르는 것일 수도 있다.

　　"아이들이 음정·박자·리듬으로 놀 수 있게 하려고 악기를 잡기 전에 합창과 난타를 먼저 합니다. 그런 다음 악기를 주면 아

　　　　　　　　　　　　　　　　　　　　음악은 흐른다

이들이 악기에 주눅이 들지 않아요. 악기를 손으로, 입으로 다루어서 소리를 내는 것이 아니라, 몸의 일부나 확장된 것으로 여기면서 자기 안의 작은 소리를 밖으

로 울려내는 거죠. 문학은 글로, 미술은 물감과 붓으로 하듯이, 음악은 악기를 통해서 하는 거죠. 기술적으로, 여기를 누르면 도, 저기를 누르면 레, 하는 식이 아니라……

저는 여기에 더해 간단한 요가와 명상을 접목합니다. 아이들의 작은 몸 안에 들어 있는 큰 상상력을 음악으로 잘 표현할 수 있도록 그 방식을 해보고 있어요. 이 방식이 최선일지는 아직 확신이 없지만, 제가 판단하기에 도움이 되는 것 같아요. 아이들이 의외로 좋아하고 잘하거든요. 또, 요가와 명상은 아이들이 '꿈오'로 들어오는 문이라고 생각해요. 이 문을 통해 들어와서 쉬고 놀고 즐기고 치유하고, 아무튼 세 시간 동안은 자유로워졌으면 해서요. 그리고 악기가 아이들의 몸을 굳게 할 수 있어서 그걸 방지하는 차원에서도 필요하고요."

음악도 행동도
생각과 생각을 모아

오케스트라 교육과 병행해서 '꿈오' 광산의 아이들 사이에는 민주적으로 의견을 모으고 서로 생각을 공유하는, 아이들만의 논의 구조가 있다. 오케스트라 조직 체계, 즉 악장이나 파트장을 두는 것과는 별개로 아이들은 스스로 대표를 뽑고 그 대표가 모여 회의를 해서 자신들의 요구를 모은다. 그렇게 모인 내용은 음악 감독이나 선생님들에게 바라는 것일 수도 있고, 자신들이 지켜야 할 규칙일 수도 있다. 또, 이런 곡을 연주하고 싶다거나, 간식을 바꿔달라는 요구도 할 수 있다.

처음엔, '뭘 하라는 거야' 하는 표정으로 선생님들의 눈치를 살폈지만, 아이들은 회를 거듭할수록 자유롭게 창의적인 생각을 모으고 발표했다. 음악도 행동도 모두 자신들의 생각과 생각을 모아 이루어지도록 하고, 선생님들은 단지 그것을 돕는 것. 이것이 이준행 감독이 꿈꾸는 '꿈오'의 모습이다. 아이들이 악기를 연주하면서 음악으로부터도, 자신으로부터도 소외되는 일은 없어야 한다는 마음에서이다.

아이들 이야기는
음악 소리

충무아트센터 꿈의 오케스트라 박현진(코디네이터)

바이올린을 전공했지만 교생실습과 소외 계층 청소년
대상의 멘토링을 경험하면서 음악교육의 우선순위가
바뀌었다. 기량 전수만큼이나 아이들과의 소통이
중요하다는 깨달음을 얻었다. 현재 '꿈오' 서울
중구에서 코디네이터로 일하며 다양한 참여자들
사이에서 윤활유 역할을 하고 있다.

베토벤 〈교향곡 5번 C장조 Op. 67〉(이하 〈교향곡 5번〉)은 흔
히 '운명'이라는 별칭으로 불린다. 이 별칭은 처음 일본의 레코
드 회사가 마케팅 차원에서 붙였다고 알려져 있다. 그 이름은, 베
토벤의 비서였던 안톤 쉰들러의 기록에서 가져왔다. "운명은 이
처럼 문을 두드린다"는, 베토벤이 안톤에게 곡의 실마리를 알려
주며 말했다는 기록으로, 바로 1악장 첫머리에 나오는 주제가 그
표현과 같다는 것이다. 하지만 후대의 많은 베토벤 연구자는 쉰
들러의 기록이 낭만적으로 비화되었으며, 베토벤의 말을 날조한
것으로 판단한다.

쉰들러의 기록을 믿든 안 믿든, 이미 많은 사람이 이 곡을 '운명'으로 받아들이고 있다. 그런데 별칭으로 생긴 선입견을 버리고 이 교향곡을 들어보면 곡에서 풍기는 분위기는 '운명'이라고 말하기에는 너무도 밝고 힘차다. 단조는 이 분위기에 비장미를 더할 뿐이다. 땅 위에 두 발을 딛고 든든하게 버티고 선 한 인간, '근대적 개인'이 떠오른다. 희망과 좌절 사이의 어느 지점에서 샘솟는 인간 의지. "바람이 분다, 살아봐야겠다"(오규원, 「순례서序」)는 시 구절처럼 비로소 인간은 외롭게 일어선다. 이때의 바람이 베토벤의 음악이다.

바이올린을 들지 않아도
아이들과 함께할 수 있는 자리

충무아트센터 꿈의 오케스트라('꿈오' 서울 중구)의 코디네이터 박현진. 그는 베토벤 〈교향곡 5번〉, 특히 4악장을 좋아한다. 그에게 이 곡은 '좌절 금지곡'이다. 무릎이 꺾일 것 같은 상황에서도 '5번'을 들으면 마음 저 깊은 곳에서 힘이 솟는다. 그는 이 곡을 처음 들었을 때 관악기를 전공하지 않은 것을 후회하기도 했다. 지금 그는, 음악의 힘은 악기 연주에서 나오는 것이 아니라 그것을 매개로 이루어지는 교감에서, 즉 서로 영향을 주고받는

음악은 흐른다 ∼∼∼∼∼∼

데 있다고 생각한다. 그런데 바이올린 전공자인 그는 왜 교육강사가 아니라 코디네이터로 '꿈오'를 만났을까?

"확실히 기억이 나요. 음악이 정말 좋다고 느끼고 빠지기 시작했던 때가 초등학교 3학년이었어요. 음악 시간이 참 좋았어요. 합창이든 악기든 음악과 관련된 것은 무엇이든 신났죠. 시간 가는 줄도 몰랐고요. 그래서 4학년 때 바이올린을 시작했는데, 중학교 때는 교육청에서 주관하는 음악영재원에 들어갔고, 예고에 진학하게 되었어요. 바이올린을 연주하는 시간이 한없이 좋았고, 대학에 가서도 바이올리니스트가 되는 것을 목표로 열심히 기량을 쌓았죠. 그런데 교생실습을 나가서야 '음악을 하는 것은 연주자가 되는 것'이라는 생각이 얼마나 좁은 시각인지 알게 되었어요. 그때부터 소년원, 한부모 가정 등 소위 소외 계층 청소년을 만나 멘토링을 했죠. 그리고 바우처 사업으로 진행된 프로그램에서 아이들에게 바이올린을 가르쳤는데 아이들이 모두 잘

배우는 게 아니었어요. 열심히 하긴 했지만, 제가 잘못 가르쳤나, 했죠. 악기를 가르치는 것만큼이나 악기를 통해 아이들을 만나는 게 중요하다는 걸 그때 깨달았습니다. 음악교육은 단순히 기량을 전수하는 게 아니라, 아이들과 교감함으로써 음악 이외의 것을 전해야 한다는 것을 그때 절감한 거죠. 바이올린을 들지 않아도 아이들과 음악 할 수 있는 자리, '꿈오'에서는 코디네이터라고 생각했어요."

"그랬구나,
그래서 기분이 안 좋구나"

그는 꿈오에 지원한 아이들 모두를 단원으로 받아들이지 못해서 안타까웠다. 아이들이 더 많아도 돌보는 일은 자신 있었는데, 악기 구입비 등 예산이 한정되어 있어서 그러지 못했다. 그는 아이들을 '케어'하는 일로 스트레스를 받지 않는다. 오히려 아이들의 표정만 보고도 무슨 문제가 있는지 기분은 어떤지 '캐치'해낸다. 그래서 그런 아이들이 보이면 연습 중일 때도 선생님의 양해를 구하고 살짝 불러내서 이야기를 듣는다. 특별히 상담이랄 것도 없이, 아이들은 자기 이야기를 '주절주절'한다.

음악은 흐른다 〰〰〰〰〰

"아이들 이야기를 들을 때, 상담을 해줘야지, 뭔가 해결점을 찾아줘야지 하는 마음으로 만나지 않아요. 제게 그럴 능력도 없지만, 그래서는 안 될 것 같다는 생각이 들어서요. 아무것도 아닌 문제를 더 심각하게 만들 수 있거든요. 그냥 들어줘요. 그러면 아이들은 정말 사소한 것까지 이야기를 해요. 학교에서 친구가 자신을 무시했다거나, 엄마한테 혼났다거나, 아니면 그냥 날씨가 안 좋아서 우울하다거나⋯⋯. 그러면 저는 '그랬구나, 그래서 기분이 안 좋구나' 해요. 딱 거기까지. 힘내라는 얘기 같은 건 안 해요. 그러고 나면 기분이 좀 나아져서 다시 연습을 하러 들어가요. 선생님들도 신경 써야 할 일이지만 악기를 가르치고 합주도 해야 하니까, 아무래도 이런 일은 제가 챙기는 게 맞죠. 그런 걸 또 제가 좀 잘하거든요. 아이들 마음도 알 것 같고."

아이들이 모이면 언제나 조금은 튀는 아이들이 있기 마련이다. 그런데 그것이 활달함을 넘어 다른 아이들이 싫어하는 행동을 재미있어 하거나, 아이들과 어울리지 못하고 따로 혼자 행동한다면 해결하려고 노력해야 한다. 그렇지만 강요하거나 제재를 가한다고 문제가 해결되지 않는다. 그런 아이에 맞는 해결책을 음악적으로, '꿈오'적으로 제시해야 한다. 이런 문제는 아이들이 악기를 배우고, 합주를 하면서 배려를 배우고, 하모니를 이뤄가면서 자연스럽게 해결되지만, 정도가 심한 아이에게는 그에 걸맞은 대응과 처방을 해야 한다.

"평소에도 가만있지 못하고 옆에 있는 아이에게 종이를 뭉쳐 던지기도 하고, 괴롭히는 아이가 있었어요. 결국 아이들이 모두 싫어하게 됐죠. 그런데 그 아이는 높은 음역대의 관악기를 하고 싶어했어요. 곰곰 생각했죠. 높은 소리의 악기를 연주하면 그 아이가 더 예민해질 것 같았어요. 그래서 좀 낮은 음역대의 현악기를 권했어요. 그 뒤, 그 아이가 세 번째 연습을 한 날, 그러는 거예요. '뭐, 이 악기 소리도 좋네, 어렵지도 않고.' 말투는 그랬지만 차차 악기에 집중을 하고 아이들과도 어울리기 시작했어요. 심지어 쉬는 시간에도 악보를 익히며 연습을 하는 거예요."

그 아이는, 첫 정기 공연을 마치고, 감사하다며 꾸벅 인사를 했다. 어머니도 "아이가 집중력이 생겨서 다행"이라며, "다 코디 선생님 덕분"이라고 했을 때는 울컥했다. 아이들과 달리, 학부모들은 코디네이터를 대학생 '알바' 정도로 생각하는 듯했는데 그 서운함이 풀렸던 것이다.

무작정 들어주는 사람

그는 학부모의 이런 편견에 말로 대처하지 않는다. 코디네이터의 역할을 제대로 하면 인식이 달라질 것이라고 생각하기 때문이다. 물론, 전문성을 갖추기 위해 끊임없이 공부하고 노력해야 한다는 것을 스스로에게도 일깨운다. 흔히 코디네이터의 역할을 윤활유에 비유한다. 하지만 '꿈오'마다 그 역할은 다를 수밖에 없다. 아이들도 다르고 선생님도 다르기 때문이다. 그럼에도 그는, '윤활유' 역할 중 가장 중요한 것은 '정보 전달자'라고 생각한다. 그러려면 '꿈오' 사람들을 세심하게 살피고 한 명 한 명의 어려움과 바람을 알아야 한다. 아이들 사정을 미리 알 수 있도록 선생님께 전달하고 선생님들의 고충을 아이들에게 이해시키는 것이 코디의 기본적인 역할이라는 것이다.

"아이들 모두에게 가능성이 있다고 생각해요. 1년 정도 만나고 나서 '이 애는 이렇고, 저 애는 저렇다'고 섣불리 판단해서는 안 되잖아요. 아이들의 가능성은 10년 후에도 발휘되는 거니까, 지켜봐주고 칭찬해줘야죠. 아이들의 가능성은 사소한 데에서도 느껴져요. 그래서 아이들에 대한 것은 단순한 것부터 복잡한 것까지 정리할 필요가 있어요. 힘든 일이지만 아이들을 생각한다면

'코디'가 꼭 해야 할 일이라고 생각해요. 이런 저를 보고 재단의 팀장님은 '으이그, 이 욕망 덩어리!' 하시지만요."

코디네이터의 일을 한정해놓으면 수동적으로 되기 쉽다고 그는 생각한다. 이런 생각은 무슨 일이든 능동적으로 하지 않으면 마음에 차지 않는 성격에서도 비롯하지만 자신의 역할에 대한 고민 때문이기도 하다. 그에게 '윤활유' 역할은 아이들 사이의 마찰을 미리 방지하고 오케스트라 내의 모든 부분이 잘 돌아가도록 하는 것이다.

그는 처음엔 연습실 옆 작은 방에서 근무를 했다. 하지만 이제는 재단 사무실에 책상이 있다. 그가 코디네이터로서 일을 능동적으로 처리해왔기 때문에, 행정 담당자의 결정을 집행하는 많은 일을 보다 더 원활하게 수행하게 하기 위한 배려다. 이로써 중대한 결정은 행정 담당자가 하지만 반복되는 서류 업무나 집행 등은 코디네이터인 자신이 하게 되었다. '욕망 덩어리'의 '욕망'을 일로 승화시켜준 것이라고 생각했다. 일은 늘었지만 능동적으로 아이들을 '케어'할 수 있어서 그는 부담이 없다.

정기 공연 다음 날에도 출근해서 그는 아이들의 작은 공연을 챙겼다. 서울시의 '악기 나눔' 사업에 지원해, 아이들 여럿이 개인 악기를 받을 수 있었다. 그 아이들이 후원자들을 위해 작은 공연을 펼치기로 했다. 공연에 참가할 한 아이의 바이올린 줄이 끊어진 것도 바꿔주고 튜닝도 해주며 그는 또, 아이의 기분을 챙긴

다. 얌전히 앉아, 바이올린 줄을 바꾸는 코디 선생님의 손놀림을 신기한 듯이 바라보던 아이는 "그냥, 참, 좋아요" 밝게 웃으며 대답한다. '선생님이 왜 좋으냐' 물었더니 돌아온 '우문현답'이다.

"제 꿈은 앞으로 계속 아이들을 만나는 거예요. 가능하면 음악으로 만났으면 좋겠어요. 왜냐하면 저 나이 때 저도, 음악으로 즐거웠고, 힘을 얻었기 때문이에요. 음악으로 만나면 더 좋겠지만 그렇지 못해도 아이들은 만나고 싶어요. 아이들이 변화하는 모습을 보는 게 저는 왜 그리 좋은지 모르겠어요. 그런 변화에 미세한 영향을 주는 역할을 하고 싶어요. 아이들의 가능성을 다치게 하지 않고, 섣부른 조언보다는 무작정 들어주는 사람, 말하고 싶을 때 마침 옆에 있는 사람이고 싶어요. 그래서 10년 후에 이 아이들이 저에게 고마워한다면 정말 기쁠 것 같아요."

음악은 흐른다 ~~~~~~~~~~~

그렇게 음악감독이
되어간다

꿈의 오케스트라 '충주' 김종영(음악감독), 고길영(교육강사, 타악)

두 사람은 다른 지역의 '꿈오'에서 강사로서 호흡을
맞춰온 사이로 3년 차 '꿈오' 충주에서 함께하고 있다.
'꿈오' 충주의 자립을 위해 지역사회에도 목소리를
내며, 아이들이 다양한 연주 무대를 경험할 수 있도록
공연의 폭을 넓히는 교류를 준비하고 있다.

슈만, 하면 떠오르는 사람, 슈만의 '연관 검색어'는 그의 아
내 클라라일 것이다. 그리고 또 한 사람, 브람스. 슈만은 제자인
브람스가 자신의 아내 클라라를 사랑한다는 것을 눈치챘다. 슈
만의 유일한 클라리넷 곡인 〈클라리넷과 피아노를 위한 환상소
곡집 Op. 73〉(이하 〈환상소곡집 Op. 73〉)은 이 시기에 작곡된 곡이
다. 곡은 슈만의 심정을 따라가며 전개된다.

슈만의 〈환상소곡집 Op. 73〉은 3곡으로 되어 있는데, 첫째
곡은 '다정하고 다감하게', 둘째 곡은 '생기 있고 가볍게', 셋째 곡
은 '빠르고 열정적으로'라는 지시어가 붙어 있다. 이 곡을 해석하

는 가장 낭만적인 방식은 슈만과 클라라, 그리고 브람스의 관계를 떠올리는 것이라고 김종영 감독은 말한다. 첫째 곡은 클라라를 향한 브람스의 마음을 알게 된 슈만의 고뇌, 둘째 곡은 어떻게든 이 문제를 해결하기 위해 방안을 찾는 슈만의 갈등, 셋째 곡은 방안을 찾고 이를 실행해야겠다는 슈만의 결심. 이 곡은 사랑을 기다리거나 잃은 사람들의 마음을 열고 들어온다. 마음이 비어 있는 자리를 채우며…….

꿈의 오케스트라 충주의 음악감독 김종영. 지난해 그는 '꿈오' 충주의 정기 공연을 마치고, 악기를 챙겨 벨기에로 날아갔다. 그렇게 참가한 '브뤼셀 국제 콩쿠르'에서 성인 목관 1위를 차지한다. 그때 연주한 곡이 지정곡인 모차르트의 〈클라리넷 협주곡 K. 622〉와 선택곡인 슈만의 〈환상소곡집 Op. 73〉. 분노와 자책이 버무려진 아픈 사랑 이야기는 그가 연주하는 클라리넷 선율에 짙게 표현된다.

든 자리, 난 자리

'꿈오' 충주의 타악 교육강사 고길영. 그는 김 감독이 '꿈오' 세종의 클라리넷 강사일 때 함께 강사로 호흡을 맞추다가 '꿈오' 충주에서는 감독과 강사로 관계를 이어가고 있다. 감독과 다른

교육강사들 사이에서 때로는 조정자로서, 때로는 조언자로서 윤활유 같은 역할을 하고 있다. 마림바, 팀파니 등 자신의 타악기를 아이들을 위해 선뜻 가져오는 등, 그는 '꿈오' 충주에서 '든 자리는 몰라도 난 자리는 금세 드러나는' 선생님이다. 김 감독은 그런 그가 미덥다.

"'꿈오' 세종에 고길영 선생과 함께 2년 정도 강사로 있다가, 저는 개인적인 사정으로 그만두고 충주의 한 고등학교에 출강을 했어요. 그러던 중에 '꿈오' 충주에서 음악감독을 모집한다는 공고를 보고 지원을 했죠. 그래서 예비 거점 때부터 준비해서 2년 차까지 오게 되었어요. 고길영 선생한테 제가 강사로 좀 와달라고 했더니 선뜻 오겠다고 했어요. 세종에서 잘하고 있었는데, 다른 지원자들과 똑같이 공채로 다시 면접을 봐야 했었죠.

아무튼 고 선생은 제가 음악감독을 하는 데 든든한 파트너가 되어주었어요. 음악감독을 맡으니 강사 때와는 사뭇 달랐어요. 음악감독은 정말 할 일도 많고 챙길 것도 많고……. 무엇보다 관점이 달라야 한다는 것, 그게 가장 긴장되는 일이었죠."

노는 것이
연주하는 것

김종영 감독이 강사였을 때 그는 불합리하다고 생각하는 일에 바로바로 문제 제기를 하는 편이었다. 하지만 음악감독이 되어 돌아보니 아쉬움이 남는 행동이었다. 문제의식을 갖는 것은 괜찮지만 해결을 좀 더 합리적으로 했으면 어땠을까 하는 것이다. 또, 강사였을 때는 자신의 연주 활동이 우선이었으나, 음악감독이 된 다음에는 '꿈오'가 그보다 더 중심을 차지하게 됐다.

고길영 강사는 선생님들과 음악감독 사이를 조율하며 그의 짐을 덜어주었다. 또한, 아이들과의 관계에서도 모범이 되었으며, '꿈오' 충주의 분위기를 활기차고 밝게 만들어주었다.

"뭐 제가 특별한 걸 한 것도 아니고, 그냥 아이들과 재미있

게 놀았어요. 악기를 가르치기보다는 우선 재미있게……. 재미
있게 하는 게 중요하니까 각자 하고 싶은 악기를 선택하게 했어
요. 주로 남자아이는 드럼을, 여자아이는 마림바를 선택했어요.
그래서 난타도 하고 즐겁게 놀았죠. 타악은 자기가 좋아하거나
잘하는 악기만 하면 안 되고 모든 타악기를 다룰 줄 알아야 하지
만, 처음에는 좋아하는 악기로 놀면서 리듬감을 익히도록 했죠.
연주하는 건지, 노는 건지 구분이 안 될수록 아이들은 연주를 잘
하거든요."

　　강사 선발이 완료되었을 때, 교육강사 중에 김 감독과 친분
이 있는 사람은 고 강사가 유일했다. 강사들 사이를 조율하는 그
의 도움을 받으면서 김 감독은 소통하는 데 많은 노력을 기울였

다. 자신이 강사였을 때, 불합리
하다고 생각했던 것은 절대 하
지 않았다. 어떤 결정을 할 때도
'내가 강사였을 때는 어땠지?' 하
고 자문하며 심사숙고했다. 그는
'꿈오'에서는 강사들을 뒷받침해주는 것이 음악감독의 일이라는
결론에 도달했다. 그런 마음으로, 그 기준에 따라 소통하면서 친
분도 쌓고 선생님과 아이들을 하나하나 살필 수 있게 되었다.

　　"강사로서 경험은 있었지만 감독으로서, 대부분 악기를 다
룬 적이 없는 아이들과 만났을 때, 좀 막막했죠. 몇몇 아이들에게
클라리넷을 가르칠 때와는 다른 상황인 거죠. 물론 악기는 파트
선생님이 가르치겠지만 서툰 악기 소리가 하모니를 이룬다는 게
잘 상상이 되지 않았어요. 지휘봉은 손에 들려 있는데…….

　　충주의 클래식 음악 환경은 매우 열악했어요. 아동·청소년
오케스트라는 '꿈오' 충주가 처음이니까요. 충주는 클래식 인프
라가 많이 부족해요. 그래서 그런지 아이들이 악기를 다룰 줄 아
는 건 고사하고, 대부분이 악기 이름조차 몰랐어요. 그런데 파트
선생님들이 그런 아이들 눈높이에 맞춰 한 명도 포기하지 않고
마음으로 가르쳤어요. 그래서 (합주가) 가능했던 것 같아요."

"이 언니 같은
멋진 연주자가 될 거예요"

막막함이 클수록 변화가 크게 느껴지는 모양이다. 아이들은 다달이 달라졌고, 한 해가 지나자 믿기 힘들 만큼 성장했다. 선생님들은 딱, 두 가지만 했다. 아이들과 즐겁게 노는 것과 아이들의 눈높이에서 차근차근, 하지만 끈기 있게 응원하고 칭찬하는 것. 변화 뒤에는 반응이 오게 마련이다.

"어느 날 한 아이의 어머니에게서 전화가 왔어요. 아이가 쓴 일기를 가끔 보게 되는데, '꿈오'에 나오기 전에는 그걸 읽고 안쓰러웠다고 하는 거예요. 아이가 힘들어하는 게 모두 가정환경 때문인 것 같아 어머니도 마음이 아팠다면서요. 그때의 일기에는 어두운 이야기, 우울한 이야기가 가득했대요. 그런데 '꿈오'에 다니고부터는 내용이 밝아졌대요. 힘 빠진다는 이야기도 밑도 끝도 없이 쓰는 것이 아니라 악기가 제대로 소리가 나지 않아 힘들다는 식이라며……."

아이들이 '꿈오'에 와서 보여주는 모습은 확연히 달라졌다. 연주력이 느는 것만큼 집중력도 높아지고, 음악을 즐기는 모습도 보였다. 무엇보다 자신감이 생겼다는 점이 아이들의 큰 변화였다. 아이들은 단순히 악기 하나를 다룰 수 있게 된 것이 아니라, 오케스트라를 통해 하모니를 배웠고, 하모니는 서로에 대한 관심

과 이해, 그리고 배려에서 온다는 것도 알게 되었다.

　"어느 날 또 다른 어머니에게서 전화가 왔어요. 여자아이에게 왜 트럼펫을 줬냐며, 바이올린이나 플루트 같은 예쁜 악기를 시키면 좋겠다는 거예요. 그 아이는, 5학년 치고는 자그마한 혜주라는 아이였는데, 자기는 꼭 트럼펫을 해야겠다고, 다른 악기는 절대 하지 않겠다고 했었나 봐요. 손가락이 작아서 피스톤을 누르는 것도 힘들어 보였는데 굳이 트럼펫을 고집했어요. 어머니의 전화를 받고 다시 한번, 다른 악기를 해보면 어떨까, 하고 물었죠. 그랬더니 울고불고, 정말 난리가 난 거예요. 그랬는데 어느날, 어머니가 찾아오셨어요. 좀 세게 따지려 하셨던 모양인데, 아이가 연주하는 모습을 보고, 인정하지 않을 수 없었던가 봐요. 선

음악은 흐른다 〰〰〰

생님들 고생하신다는 말만 하고 가셨어요. 이제는 혜주를 응원하게 되었는데, 어머니에겐 또 다른 난감한 일이 생겼어요. 혜주가 개인 악기를 갖고 싶어하거든요."

혜주는 '꿈오' 충주의 재미있는 이야기를 몰고 다니는 단원이다. 어느 날, 강사들에게 스마트폰을 보여주며 "이 언니 같은 멋진 연주자가 될 거예요" 했다. 혜주가 보여준 유튜브 영상에는 앨리슨 발솜Alison Balsom의 화려한 트럼펫 연주가 흐르고 있었다. 마치 영상 속의 그녀가 자신이라도 된 것처럼 혜주는 의기양양했다.

"준영이는 타악기를 하는 아이인데요, 혜주와 함께 '꿈오' 충주의 마스코트예요, 처음 '꿈오'에 왔을 때 준영이는 좀 우울해 보였어요. 표정 변화도 없었고요. 그래서  타악기를 하도록 했어요. 탬버린도 잘 못 치는 아이였는데, 정기 공연 때 팀파니를 치게 되었어요. 준영이는 정말 볼 때마다 달라지는 아이여서 선생님들을 뿌듯하게 해줬어요. 인사도 잘하고 활발해졌죠. 심지어 이제는 개구지기까지 해요. 이제는 자기 중심도 생겨서, 합주 때 박자를 제대로 못 맞춰서 뭐라 해도 절대 주눅이 안 들어요. 두 눈을 부릅뜨고 박자를 맞추기 위해서 입으로도 박자를 세요. 하나 둘 하나

둘, 하면서……. 그 모습이 또 얼마나 귀여운지, 지쳤다가도 힘을 받아요."

아이들 이야기가 시작되자 타악기 강사인 고길영 선생님도 준영이 이야기를 거들었다. 한 명 한 명 아이들의 에피소드가 이어지고 두 사람은 수다쟁이가 되었다.

'꿈오' 충주는 2020년 봄, '대전 청소년오케스트라 축제'에 참가할 예정이다. 3년 차의 시작을 축제로 열면서 활동 무대를 넓혀나가려는 것이다. 이 공연으로 아이들은 또 얼마나 성장할지, 벌써 선생님들은 기대에 부푼다. 봄이 오고 꽃이 피면, '꿈오' 충주의 하모니도 봄꽃처럼 활짝, 터질 것이다.

음악은 흐른다 ~~~~~~

우리 동네,
희망을 팝니다

부안 희망악기사 박영서(대표)

1990년대 초, 낙원상가에서 악기 수리 일을 하다가
2008년 부안에 지역 유일의 악기 상점 '희망악기사'를
열었다. 〈꿈오〉 부안이 창립된 뒤 꿈오의 악기 수리를
지원하고, 피아노를 기부하는 등 부안의 문화예술
환경을 일구는 데 기여하고 있다.

'꿈의 오케스트라' 공연 때 오케스트라 곡으로 편곡되어 자주
연주되는 〈홀로아리랑〉은 대중음악 작곡가 한돌의 작품이다. 그
가 작곡한 노래 중에 〈조율〉이라는 곡이 있다. "잠자는 한울님이
여/ 조율 한번 해주세요/ 그 옛날 하늘빛처럼/ 조율 한번 해주세
요" 하는, 환경을 걱정하는 마음을 조율에 빗대 표현한 곡이다.

'조율' 하면 대부분의 사람들은 피아노 조율을 떠올릴 것이
다. 검고 흰 피아노 건반을 하나하나 두드려가며 조율용 드라이
버로 피아노 줄의 나사를 조이고 풀고 하는 행위. 〈조율〉의 가사
처럼 '조율'은 여러 곳에 비유적으로 쓰인다. 몸을 '조율'하거나,

국회에서 각 당이 법안 내용을 '조율'하거나……. 피아노 조율의
명장 반열에 오른 조율사 이종열 선생은 『조율의 시간』에서 "조
율이란 아름다운 피아노 소리를 만들어가는 일"이며, "조율은 예
술"이라고 했다. 이에 빗대어 이해하자면 의견이나 세상을 '조
율'하는 일은 '아름다운 소리를 만들어가는 일'인 것이다.

부안군청 근처에 자리한 희망악기사. 대도시에나 있을 법한

악기상이 군 소재지에 있다는
점을 신기해하는 사람은 그렇게
많지 않다. 요즈음, 악기 매장은
대도시에서도 현저히 줄어드는
추세다. 악기를 배우거나 연주
하는 사람은 느는데도 매장 수
가 줄어드는 이유는 분명하다.
인터넷으로 악기를 손쉽게 살
수 있는 환경 때문이다. 부안도
마찬가지다. 아무리 군 지역이지만 택배가 다니지 않는 곳은 없
을 것이다. 그럼에도 악기 매장이라니……. 악기 판매상이라면
대부분 이를 '무모한 짓'이라고 할 것이다. 그런 무모한 일을 벌
인 이가 부안 희망악기사 박영서 대표다.

서울 낙원상가의 평균 매장 크기만 한 공간에 많은 악기가
들어 있다. 벽과 선반뿐 아니라 눈에 보이지 않는 곳에도 악기가

음악은 흐른다 ～～～～～

보관되어 있다. 이 많은 악기를 정말 사람들이 사갈지 걱정은 뒤로하고, 악기들은 빛을 내며 자신을 연주할 사람을 기다리고 있다. 매장 한구석, 작업대 위에는 당장 수리가 필요한 베이스기타가 있고, 박영서 대표는 드라이버를 들고 '매의 눈'으로 악기를 점검하고 있다. 다른 사람들이 걱정을 하든 말든 그의 표정에는 여유가 넘친다. 뭔가 삶의 비밀을 깨달은 표정이 있다면 저렇지 않을까 싶을 정도로 사람 좋은 얼굴이다. 그는 왜 부안군까지 내려와서 악기 매장을 열었을까?

부안 유일의 악기 매장,
'희망악기사'

"저는 부안이 고향이 아니라 전주에서 태어났어요. 부안은 처가댁이 있는 곳이죠. 그러니까 연고가 아주 없는 것은 아닙니다. 고등학교를 졸업하고 가정 형편이 어려워 대학 진학을 포기했어요. 그래서 군대에 가야 했는데 그동안 시간이 있어서 음악사에 친구 소개로 들어가 일을 했죠. 그때는 아르바이트라는 말은 대학생한테나 쓰는 말이었고, 정규직 비정규직 개념도 없을 때였어요. 모두 직원인데 저는 잠깐 있는 임시직이었죠. 그렇게 7~8개월 일하고 군대에 갔죠. 군대에 있을 때 제대하면 뭘 하고 살까 고심하다가, 피아노 조율을 해야겠다는 생각을 했습니다. 제대하자마자 짐을 싸서 서울로 올라갔죠. 피아노 조율 학원을 수료하고 악기 수리도 배워야겠다는 생각으로 낙원상가에 들어갔고요. 악기 수리는 거기서 배우는 게 최고니까……."

그때는 인력이 귀해서 바로 낙원상가에 취직할 수 있었다. 하지만 도제식으로 배우는, 요즈음으로 치면 무급 인턴 사원이었기에 월급은 용돈 수준이었다. 악기 수리도 욕먹어가며 배웠다. 그렇게 익힌 기술이 지금 그를 지탱하는 일이 되었다. 1990년대 초, 당시에는 피아노가 가구처럼 여겨지던 호황기였기에 일에 파묻혀 10년을 보냈던 것이다.

2000년대에 들어서면서 더 이상 피아노는 집 안의 필수품이 아닐뿐더러 그나마 있던 피아노 수요도 대부분 디지털피아노가 대체하게 되었다. 자연히 일도 줄고 해서 그는 다른 일을 했는데 그만, 2008년 봄에 고혈압으로 쓰러졌다.

"사실, 저는 살이 찐 것도 아니고, '믿는 사람'이어서 술 담배를 하는 것도 아닌데, 그렇게 된 거죠. 이런 일은 어쩌면 미리 정해져 있지 않나 생각하게 돼요. 간절히 바랐던 아이가 생겨서 참 기뻐했는데, 두 달도 채 안 돼서 제가 쓰러진 거죠. 아이가 태어난 기쁨과 그 병원에 제가 입원하는 시련을 '그분'이 연달아 주신 것 같아요, 교만하지 말라고.

아내는 산후조리차 친정이 있는 이곳 부안에 내려와 있었는데 저도 요양차 부안으로 내려왔어요. 그러다가 몸이 좀 나아졌지만, 다시 톱니바퀴처럼 도는 그곳으로 들어가는 게 두려웠어요. 그래서 할 수 있는 일을 하자는 심정으로 악기 매장을 연 겁니다. 돈 벌려고 했으면 아마, 시작도 못했겠죠. 이 모든 게 그분이 예비하신 일이라는 믿음으로……."

미세한 음의 차이를 감지하며 악기를 조율하던 그가 정작 자기 몸의 소리가 어긋나 있음을 발견하지는 못했던 것이다. 그렇게 매장을 열었지만 예상대로 가게에 덩그러니 혼자 있을 때가 많았다. 어쩌다 오는 손님도 신기해서 둘러보는 사람이 대부분이었다. 그럼에도 살아서 악기를 수리하고 조율할 수 있음에 감사했다. 고장 난 자신의 몸을 수
리하고 조율하는 시간이라 여
기며, 조급해하지 않았다. 조율
도 급하게 하면 정확하게 조정
할 수 없듯이, 몸도 마찬가지라
고 생각했다. 조금씩 조이고,
또 풀고 하면서 몸을 조율하는
시간, 그 시간이 '희망악기사'의
시간임을 믿으며……

  "조금씩 가게에 손님이 오기 시작했어요. 그렇다고 몰려온
것은 아니고요. 어르신들이 색소폰을 배우는 모임도 생기고, 특
히 하모니카 붐이 일었어요. 부안에 꽤 유명한 하모니카 선생님
이 학원을 열었기 때문이죠. 그분은 정읍과 군산까지 하모니카를
가르치러 다니세요. 전북 일대에서 군 소재지로 악기 매장이 있
는 지역은 우리 부안이 유일하고 인접해 있는 김제는 시인데도 아
직 악기 매장이 없어요. 아무리 인터넷이 발달한 시대지만 악기
는 직접 확인하고 사야 안심이 되잖아요. 또 악기 소품은 금세 필
요한데 바로 가까이 매장이 있으니 찾는 사람이 늘어나게 되더라
고요. 지역 문화에 작은 보탬이 된다고나 할까, 아무튼 자부심도
생기고 운영도 생각보다 나쁘지 않고, 서서히 나아지고 있어요."

음악은 흐른다 〜〜〜〜

꿈같은 일을 돕다

    가게 사정은 나아지고 있지만 큰 수익을 바라지는 않는다. 수요가 한정되어 있기도 했지만, 돈 버는 일에 골몰하지 않았기 때문이다. 그는 어려울 때일수록 더 어려운 이웃을 도와주는 일이 사회를 조율하는 일이라 여겼다. 이는 또 '그분'의 가르침이기도 했다. 기쁜 일에 몸을 움직이니 스트레스 받을 일이 없었다. 그렇게 하루하루 자신과 지역을 조율해나가는 일이 큰 기쁨이었다.

    그런 어느 날 부안에 오케스트라가 생긴다는 이야기를 들었다. 부안초등학교에 오랜 전통의 '관악부'가 있지만 그건 학교라는 울타리 안에서나 운영이 가능한 것이다. 그런데 악기를 배운 적도 없는, 환경이 어려운 아이들을 모집해 오케스트라를 만든다니, 말도 안 된다고 생각했다.

    "악기상을 하는 입장에서 부안에 오케스트라가 생긴다니까 정말 기뻤죠. 악기 수요가 생기니까요. 좋긴 한데 걱정이 앞서는 거예요. 저게 가능한 일일까? 하다가 말 것 같기도 하고……. 곰곰 생각해보니 이 가게도 마찬가지였어요. 다들 말렸던 일이잖아요. 그래서 내가 도울 수 있는 일을 도와주기로 했죠. 부안에 희망악기사가 있는 것처럼, 형편이 안 되는 아이들도 클래식 음악을 할 수 있다는, 그런 꿈같은 일을 돕고 싶었어요. 제 일과 연관되기도 하고, 어려운 이웃을 돕는 일이기도 하고……."

'꿈오' 부안이 생기고 박영서 대표는 단순히 악기만 판매하는 것이 아니라, 악기 수리도 도맡아 하는 등 마치 오케스트라 스태프처럼 도왔다. 그렇게 '꿈오' 부안은 지역 경제에 도움을 주고, 희망악기사는 부안의 문화예술 환경을 일구는 데 기여했다. '꿈오' 부안이 생긴 다음 해, 오케스트라가 상주하는 부안예술회관에 피아노가 없다는 것을 알고, 그는 선뜻 피아노를 기증하기도 했다. '꿈오' 부안이 마중물이 되어 이제는 '클나무필하모닉오케스트라'도 생기는 등, 부안에 문화예술 단체가 많아졌다. 희망악기사에는 대중적인 악기인 기타뿐만 아니라 바이올린, 첼로 등

클래식 악기도 보란 듯이 빽빽이 진열되어 부안의 음악 환경을
상징적으로 잘 보여주고 있다.

부안의 '희망' 음악터

"바이올린이나 첼로, 클라리넷 같은 악기는 제가 자랄 때는
아주 특별한 사람, 돈 있는 집안의 사람이나 배우는 것인 줄 알았
죠. 그런데 이제는 우리나라가 경제적으로 나아져서 그런지 클래
식 악기를 배우는 사람이 많아졌어요. 그럼에도 가정 형편이 어
려운 아이는 사실, 악기를 접해볼 기회조차 없잖아요. 그런 아이
중에서도 재능 있는 아이가 있을 거고, 음악을 재미있어 할 아이
도 있을 텐데 기회가 없으니 어렸을 때 할 수 있는, 시도해볼 수
있는 한 가지를 잃은 거죠. 그런데 '꿈오'는 그걸 하잖아요. 정부
에서도 그런 차원에서 이 사업을 하리라고 봐요. 뭔가 성과를 내
서 보여주려는 것이 아니라, 우리 사회를 조율하는 차원에서요.
　　제가 희망악기사의 문을 계속 여는 것도 비슷한 일이 아닐까
해요. 고사리손으로 바이올린의 지판을 짚는 아이들의 표정을 보
면 내 선택이 잘못된 것이 아니구나, 하고 생각하죠. 이제는 가정
'형편'보다 더 힘든 게 가정'환경'이잖아요. 그런 아이들에게 즐
거움을 주고 희망을 준다는 것, '꿈오'는 아무래도 '희망' 음악터

인 것 같아요. '희망'악기사도 그래야겠죠. 부안이 음악이 끊이지

않는 고장이 되도록, 작은 보탬을 줄 수 있도록……."

하늘과 땅 사이,
챔버오케스트라

고창 하늘땅지역아동센터 김기랑 (센터장)

귀농 후 농민운동을 하다 공동육아를 거쳐
지역아동센터를 열었다. 센터의 아이들을
'꿈오'에 보내고, 클래식 음악 전공을 희망하는
센터의 아이들과 후원자를 연결하는 등 음악과
아이들을 잇는 데 열심이다. 아이들은 자체적으로
'하늘땅챔버오케스트라'를 창단해 마을 잔치와
동네 행사 연주회를 통해 '희망'을 전파하고 있다.

"〈라데츠키 행진곡〉 어때? 신나잖아!" "그래, 그게 좋겠다.
구경하는 사람들이 박수도 치고……." "다른 곡은 뭘로 하지?
〈아프리칸 심포니〉?" "아냐, 그 곡은 힘들어." "책 마을이니까,
조용한 곡도 하자." "책 마을이라고 꼭 조용해야 되냐?" "그럼
시끄러워야 해?" "됐고, 좀 어렵겠지만, 저번에 배웠던 〈신세계
교향곡〉은 어때?" "그게, 조용한 곡이야? 빰~ 빠밤 빠~ 바밤
빠~ 바바바밤……."

열다섯 명의 아이들이 모여 이마를 맞대고 마을 공연에서 연
주할 곡을 결정하고 있다. 왁자지껄. 이야기를 나누는데 갑자기

〈신세계 교향곡〉이 연주된다. 입 바이올린, 입 비올라, 입 플루트, 입 첼로, 입 콘트라베이스, 입 트럼펫……. 아이들은 어느새 더 늘어난다. 열다섯 명이 스무 명이 되고 스물다섯 명이 되고 스물아홉 명이 되었다. 모두 입을 모아 연주한다. 아카펠라 오케스트라. 진지하게 서로 눈빛을 교환하며 웃음을 나눈다. 이곳은 '하늘땅챔버오케스트라'가 상주하는 '하늘땅지역아동센터'다.

하늘땅지역아동센터('하늘땅센터')는 고창군청이 있는 고창읍에서 북쪽으로 15킬로미터가량 떨어진 전형적인 전라도 농촌 지역, 성내면 양계리에 있다. 그곳에 다니는 아이들은 2019년 현재 모두 29명인데 그중에서 15명이 '꿈의 오케스트라 고창'('꿈오' 고창)의 단원이다. 그곳의 센터장 김기랑. 그는 '꿈오' 고창의 연습실이 있는 고창문화원에 아이들을 센터 차량으로 매번 데려다주고 데려온다. 농촌 지역의 아이들 중에서도 가정 형편이 넉넉하지 않은 아이들. 한부모 가정, 조손 가정, 다문화 가정 등의 아이들이 커가면서 느끼게 될 결핍을 어떻게 하면 줄여줄 수 있을까, 늘 고민하고 고민한다.

김 센터장은 20대 때, 부조리한 사회에 맞서 치열하게 살았다. 그 치열함은 대학 졸업 후, 결혼하고 고창의 농촌 지역으로

음악은 흐른다 〜〜〜〜〜〜

들어와 농민운동으로 이어졌다. 농촌에서 아이를 낳고 키워야 한다는 것 때문에 고민에 빠졌다. 자신이 결정한 삶으로 인해 아이가 피해를 보는 게 아닌가 하는……. 도시에서 공동육아를 하는 친구에게 고민을 얘기했더니 "그만큼 좋은 환경이 어디 있니? 도시에서 애를 키우는 게 정말 좋겠어?" 하는 얘기가 돌아왔다. 그렇구나 싶기도 했다.

　　하지만 자연환경이 좋다고 아이들이 행복하게 자라는 것은 아니었고, 내 아이만 행복할 수 없기 때문에, 주위를 돌아보게 되었다. 도시든 농촌이든 일하면서 아이를 키우기란 정말 힘든 일이다. 일하는 부모를 둔 아이들을 돌볼 수 있는 놀이터, 배움터가 필요했다. 그래서 시작한 것이 공부방이었다. 농민 단체와 지역

민의 크고 작은 도움으로 공부방은 유지될 수 있었다. 이후 정부 지원이 법적으로 일부나마 뒷받침된다 해서 하늘땅공부방을 지역아동센터로 전환했다.

"지역에서 공부방을 하고, 아동센터를 하려면 경제적 어려움을 각오해야 했어요. 그걸 감안했는데도 특히 어려운 시기가 있었는데요, 그때는 오전에 책 외판원을 하며 어떻게 해서라도 버텨보려고 발버둥 쳤어요. 그런데 어느 날, 꽤 추운 날이었는데, 책 상담이 길어져 한참 늦게 공부방으로 왔어요. 그런데 아이들이 잠긴 문 앞에서, 그 추위에 기다리고 있는 거예요. 왈칵, 눈물이 났어요. '그래, 어떻게든 해나가자, 이곳이 없어지면 이 아이들에게 약속을 지키지 않는 것'이라는 생각이 들면서 마음을 다잡았죠."

'내 아이가 행복하려면 아이의 친구도 행복해야 한다'는 생각으로 시작했던 일이 여기까지 온 것이다. 고비를 겪을 때마다

관둘 수 없었던 것은 아이들과 한 약속 때문이었다. 지역아동센터는 어른들의 입장에서는 아이들을 돌보는 곳이지만, 아이들에게는 언제든 학교를 마치고 가서 놀고 쉬고 배울 수 있는, 유일한 비빌 언덕이다. 그 약속을 20여 년간 지키는 사이, 이곳을 드나들던 아이들이 결혼하고 아이를 낳아 찾아오기도 했다. 센터에 오는 아이들이 바뀌어도, 약속은 바뀌지 않는다. 그 아이들이 이제는 오케스트라 단원이 되어 '약속의 장소'를 하모니로 채운다.

클래식 음악가가
이런 시골에서 공연을?

그는 '꿈오' 고창의 선생님들, 그러니까 클래식 음악가들이 고창에 와서 아이들에게 음악을 가르친다는 말을 믿기 어려웠다. 아이들을 보내기는 했지만 이 친구들이 악기를 제대로 해본 적이 없는데 잘 배울 수 있을까, 하는 걱정도 했다. 하지만 쓸데없는 걱정이었다.

"사실, 문화 예술교육이 좋은 줄은 알지만 이런 시골에서 그런 프로그램을 한다고 해도 와줄 분이 있겠어요? 그런 건 대도시에서나 가능하다고 생각했기 때문에 우리 같은 시골에서는 감히 꿈도 못 꿨죠. 더군다나 이 아이들은 가정환경도 어렵잖아요. 그런데 그런 편견을 깨준 분들이 바로 '꿈오' 선생님들이에요.

우리 센터가 제대로 지어진 게 2년 전인데요. 그전에는 군 소유의 오래된 건물을 빌려 쓰고 있었어요. '세월호' 사고 이후 그 건물이 안전 점검에 불합격돼서 건물에서 나오게 된 겁니다. 그 참에 새로 센터를 짓기로 하면서, 후원도 모집하고 모금도 했어 요. 모금 행사를 한다는 얘기를 듣고 '꿈오' 선생님들이 공연을 해 주시겠다고 했어요. 시골이어서 공연할 만한 장소도 없다고 했 지만, 괜찮다, 소나무 아래에서 하면 운치도 있고 좋다며 준비하 셨어요. 정말 감명 깊은 공연이었어요. 참가한 군민도 모두 '이런

호사를 누리다니' 하며 좋아하셨어요. 모금에도 큰 도움이 됐죠."

그때 떠오른 말이 '연대'였다. 농민운동을 했던 그의 경험에서는 '연대'란 보통 비슷한 처지의 사람들이 서로 돕는 것이었다. 그런데 딴 세상 사람인 줄 알았던 클래식 음악가들이 면 소재지 농촌까지 와서 선뜻 손을 내밀었던 것이다. 그래서 그는 '꿈오' 고창의 '알리미'가 되었다. 예술가들이 아이들을 위해 농촌 마을에 내민 손길을 굳건히 잡은 것이다. 아이들 일로 군수를 만났을 때도 "우리 '꿈오' 고창을 군립으로 만들어주시면 안 될까요?" 하고 민원 아닌 민원을 넣기도 했다. 또한, 기회가 있을 때마다 '꿈오' 고창의 선생님들이 농촌 지역의 어려운 아이들에게 어떤 '꿈'을 꾸게 하는지, 알리고 또 알렸다. 그 꿈은 이전까지는 '꿈도 꿀 수 없던 꿈'이어서 아이들에게 더욱 소중했기 때문이다.

단장도 단원도
모두 아이들

하늘땅센터에 나오는 아이들 가운데 절반 이상이 '꿈오' 고창에서 단원으로 활동하고 있다. 나머지 아이들은 아직 나이가 어려서 '꿈오'에 들어가지 못했을 뿐, 나이가 차면 '꿈오' 단원을 하겠다고 준비가 대단하다. 언니들, 형들을 따라 하며 이미 입으로 악기를 연주한다. 하늘땅센터에는 음악을 전공하려는 아이가 세 명 있다. 이들이 주축이 되어 센터의 아이들과 자체적으로 '하늘땅챔버오케스트라'를 만들었다.

"아이들이 '꿈오'에 갔다 오면 악보를 펼쳐놓고 입으로 악기 소리를 흉내 내며 연습을 하는 거예요. 그걸 동생들이 따라 하거든요. 아이들이 악보를 읽을 수 있다는 것도 신기했고, 입으로 오케스트라를 연주하는 것도 신기했어요. 또 '하늘땅챔버오케스트라'를 만들어 활동한다는 게 정말 놀라웠죠. 단장도 아이들 중에 자기들이 의논해서 정했어요. 몇 번 지역 축제에 나가 공연도 했기 때문에 센터에 공연 섭외가 들어와요. 그러면 자기들끼리 모여 곡도 정하고 의상도 통일하고 연습해서 공연을 해요. 선생님들은 구경만 하죠, 신기해하면서……. 정말 놀라운 일 아니에요?"

음악은 힘이 세다. 어떤 것보다 더 빨리 깊이, 아이들을 변화시킨다. 김 센터장에게는 20년 동안 아이들 돌보는 일을 하면서 가장 자신을 뿌듯하게 한 아이가 단장을 맡은 경호(가명)라고 주저 없이 말했다. '정말' 어려운 가정환경 때문에 처음 센터에 왔을 때는 한마디로, 매우 부정적인 아이였다. 그런데 혼자서 음악을 듣는 모습을 보고 악기를 배우게 했다. '꿈오' 고창에 참여하면서 자신감도 생기고, 6학년이 될 즈음에는 센터의 아이들을 챙기는 등 리더십도 발휘했다.

"규철(가명)이도 마찬가지예요. 가정 형편이 어려워져 농촌

음악은 흐른다 〰〰〰〰〰〰〰〰

으로 들어온 귀촌 가정의 아이예요. 그런데 이제는 '나중에 플루트 잘해서 센터에서 선생님 할래요' 그러거든요. 엄청 감동했어요. 하고 싶은 게 생겼다는 것, 그것을 나누고 싶어한다는 것이 저를 뭉클하게 했어요. 예인(가명)이는 차분하고 내성적인 아이예요. 악기를 하고부터는 자신감이 생겼는지 굉장히 밝아지고 자기표현도 잘하게 되었어요. 이 아이들 외에도 정말 감명을 주는 아이들이 많아요. 한 아이는 움직임도, 배움에도 엄청 느려서 센터에서는 굉장히 힘들었거든요. 그런데 그 아이가 '꿈오'에서 선생님이 기다려주며 사랑을 주니까 연주를 하기 시작하더라고요.

음악의 힘이 저런 거구나, 하고 새삼 느꼈죠."

작은 연결의 힘

아이들이 클래식을 전공하고 싶다고 했을 때, 가정 형편을 비롯한 여러 면에서 가족들이 쉽게 응원할 수는 없다. 악기를 연주하면서, '꿈오' 활동을 하면서 분명, 아이에게 변화가 일어나고 스스로 좋아하는 것을 찾아가는 점은 기쁘지만, 뒷받침하지 못하는 상황에서 기쁨만큼이나 깊은 자책을 느끼게 된다. 그래서 김 센터장은 나서지 않을 수 없다. 아이들이 하고 싶은 것이 생겼고, 미래를 꿈꿀 수 있다면 어떻게든 길을 만들고 싶은 것이다. 하지만 장학금 지원은 뭔가 눈에 보이는 성과, 가령 콩쿠르 입상 경력 등이 필요했기 때문에 번번이 선정되지 않았다.

그러다가 지역의 독지가 한 분이 장학금을 줄 아이를 찾는다는 소식이 전해졌다. 다행히 그분은 서류로 증명할 수 있는 경력을 요구하기보다 직접 아이를 만나 이야기를 나누고 결정하겠다고 했다. 경호는 그분에게 진심을 보여줬고, 그분은 경호를 큰마음으로 받아줬다. 그래서 처음 얘기한 금액보다 더 많은 장학금을 받을 수 있었다.

"장학금은 이렇게 해결했는데 개인 악기를 마련해주는 것

은 더 난감했어요. 콘트라베이스가 워낙 크고 비싸잖아요. 그런데 간절하면 이루어진다고, '꿈오' 선생님의 지인을 통해 알음알음으로 괜찮은 중고 악기를 싸게 구입할 수 있었어요. 그것도 차차 갚아나가도 괜찮다는 조건으로요. 경호도 악기 비용을 스스로 갚을 수 있는 데까지 갚겠다고 했어요. 용돈도 아끼고 아르바이트도 하고 해서 도움만 바라지 않고 적더라도 그렇게 보태겠다고……. 주위에 천사들이 너무 많아요.

경호는 악기를 정말 소중하게 다뤄요. 자기 악기뿐만 아니라 센터에 있는 악기도 청소하고 망가지지 않도록 잘 보관하죠. 그런 모습을 보면 이 아이는 이미 연주자가 아닌가 생각해요."

한번은 경호가 주변의 후원과 관심, 응원이 고마우면서도,

부담스럽다고 했다. 자신이 받은 관심만큼 잘할 수 있을지 걱정된다는 것. 그 이야기를 듣고 김 센터장은 또 뭉클했다. 어둡고 약간은 비뚤던 아이가 밝아지고 자기표현도 하더니, 리더십을 발휘하고 이제는 책임감까지……. 경호에게 그리고 센터의 아이들에게 그는 꼭 해주고 싶은 말이 있다. "너희들이 어디에 있든, 무슨 일을 하든, 완전한 네 편이 있다는 걸 알아줬으면 좋겠다." 그 말을 하는 그의 두 눈은 이미 촉촉해져 있었다.

음악은 흐른다 〰〰〰〰〰〰

예술 행정가는
일인다역

꿈의 오케스트라 '하남' 정새봄(책임프로듀서)

호른을 전공한, 예술 행정 7년 차의 재원이다.
'꿈오' 하남을 운영하는 하남문화재단의
문화 예술교육 담당자로서 '꿈오' 하남을 시작부터
맡아 넘치는 열정으로 어려움을 극복해왔다.

　　지판을 짚는 손가락의 떨림, 보송보송한 손등, 앙다문 긴장
된 입술……. 세상의 소리, 그중에서도 악기를 연주하는 소리를
표현하는 말은 다양하다. 아름다운 소리, 깊은 울림, 가득 찬 현
의 소리, 미세한 떨림 등등. 이 중에서 아이들이 내는 소리에 어
울릴 것 같은 수식어는 무엇일까? 귀여운 소리나 올망졸망한 소
리, 아니면 순수한 소리가 아닐까? 만약 이런 말로 성인 연주자
나 오케스트라의 음악을 묘사한다면 비난하는 의미로 받아들이
겠지만, 아이들의 연주에 대해서는 그렇지 않을 것이다.
　　60여 명의 아이들이 내는 오케스트라 소리임에도 '꿈의 오

케스트라'의 소리는 귀엽다. 올망졸망한 손으로 연주하는 소리, 비브라토가 거의 없는 단순한 소리이기에 원전原典 연주처럼 순수하다. 귀가 정확한 사람은 음이 살짝 빗겨나고, 합이 일치하지 않는 소리에 신경이 거슬릴지도 모른다. 하지만 귀가 밝은 사람은 그런 소리에서 아이들의 하모니를 귀담아듣게 된다. 아이들의 하모니는 소리로만 이루어지지 않는다. 아이들의 모습과 어우러진 귀여움을 발견하는 것, 그 앙증맞은 소리가 모이고 모인 하모니는, 순수함의 향연이고 의젓한 귀여움이다. 이런 음악에는 절로 미소 짓게 된다.

오롯이 지금,
내가 만족할 수 있는 일을 찾아

꿈의 오케스트라 하남의 책임프로듀서 정새봄. 그는 '꿈오'
하남을 운영하는 하남문화재단의 문화 예술교육 담당자로서 3년
째 '꿈오'를 맡고 있다. 그는 어릴 때부터 음악에 관심이 많았다.
어릴 때는 성악을 하고 싶었고, 중학생 때는 클라리넷을 배우고
싶었다. 하지만 성악은 '먹고살기 힘들다'는 이유로, 클라리넷은
'IMF 시기의 가정 형편'으로 인해 꿈을 접어야 했다. 음악에 대한
열정은 '바람'으로만 간직하고 있다가 고등학교에 와서 마침내,

호른에 도전하게 되었다.

그는 부모님 설득에 나섰다. 이번에는 실패하지 않기 위해 단단히 준비했다. 3년간의 계획과 대학 진학, 인생 설계에 대해 '브리핑'을 했다. 미리 제대로 준비하지 않으면 허락하지 않는 부모님을 이번에는 설득할 수 있었다.

하지만 삶이 어떻게 계획대로만 될까? 고3 때 원하는 대학의 수시에 불합격하고 계획을 수정할 수밖에 없었다. 고비는 또 다른 기회를 가져다주는지 계획에 없던 대학에 들어갔지만, 그곳에서 예술경영에 관심을 갖게 되었다. 4학년 때 연주자가 되겠다고 다시 마음을 바꿔, 졸업 후 유학을 준비했다. 그러나 짐까지 부쳐놓은 상황에서 유학을 포기했다. 나를 보는 다른 사람의 시선, 그리고 부모님의 기대에 부응하기 위한 삶이 아니라, 오롯이 지금 내가 만족할 수 있는 일을 하겠다는 마음에서였다.

그의 삶에서 가장 큰 선택은 유학을 포기하고 하남문화재단에 들어온 것이었다. 어느새 8년 차 직장인이 되었고, 그사이 결혼도 하고 아이도 낳고 '워킹맘'이 되었다. 개인적인 삶도 직장인으로서도 이제는 소위 '연식'을 무시할 수 없을 정도가 된 것이다.

"예술 행정 전문가까지는 아직 멀었지만, 그래도 경력사원 단계는 넘었다고 생각해요. 대관 업무부터 공연 기획, 공연장 상주 단체 운영 등을 하면서 지역 예술가뿐만 아니라 관련된 많은 사람을 만났어요. 그러니까 제가 하고 싶은 일이 무언지 구체적

음악은 흐른다 〰〰〰〰

으로 다가오더라고요. 제가 기획한 공연으로 관객은 물론, 공연자, 무대 뒤의 스태프 모두 만족할 때 저 역시 보람을 느꼈어요. 이 일이 내 일이구나, 하는 마음이죠. 무엇보다 그 과정에서 사람들이 성장할 때, 할 일을 하는 느낌이랄까, 아무튼 유학을 포기한 제 선택이 잘못되지 않았다고 생각하게 되었죠."

그의 일이 공연 업무에서 예술교육 업무로 전환된 후 꿈다락 토요문화학교의 '꼬마작곡가'와 '예술 감상' 프로그램을 진행하면서 시작된 일이 '꿈의 오케스트라'로 이어졌다. 하지만 '꿈오' 예비 거점 사업 신청을 준비하라는 일이 주어졌을 때, 그는 잘할 자신이 없었다. '꿈오'와 관련된 힘들고, 어려운 이야기를 여러 번 들었기 때문이다. 그 이야기의 요지는 음악으로 아이들과 만나는 방식이 다양하지 못하다는 점과, 그렇기 때문에 다른

아동·청소년 오케스트라와 차별화된 색깔이 없다는 것이었다. 그럼에도 한편으로는 '꿈오'를 경험해보고 싶은 마음이 생겼고, 담당자로서 신청 서류를 준비했다.

"우려했던 부분은 현실이었어요. 그리고 일도 무척 힘들었죠. 아직도 그건 숙제로 남아

있지만, 사람을 잘 만난 게 다행이라면 다행이었죠. 특히, 감독님이 좋은 분이 오셨어요. '꿈오'에 딱 맞는 감독님이세요. '꿈오'는 일은 무한한데, 인력은 한정되어 있는 게 힘들거든요. 사람을 늘릴 수 없다면, 넘치는 일을 잘 나누는 게 중요하잖아요.

그런데 감독님은 음악적인 부분뿐만 아니라 '꿈오' 일이라면 뭐든지 시간을 내서 함께 고민하고 실무적인 일인데도 나눠서 해주셨어요. 감독님의 마인드가 그렇다 보니, 강사를 뽑을 때도 그 마인드에 맞추어 심사가 진행되었어요. 대부분 우리와 호흡이 잘 맞는 분들이 선발되었어요. 그건 정말 다행이었죠. 시스템보다 사람이 중요하거든요.

강사 워크숍을 통해 아이들을 대하는 방식과 쉬운 교습법 등을 교육했지만, 무엇보다 중요한 건 아이들을 사랑하고 걱정하는 마음인데요. 그런 점에서 우리 선생님들은 기대 이상으로 잘하시는 것 같아요."

시행착오 끝에 배운
존중의 방식

　그는 '꿈오'를 통해 예술 행정의 많은 부분을 배울 수 있었지만 현장에서는 또 그만큼 시행착오도 따랐다. 악기 전공자 출신으로서 행정을 담당하는 것은 장점이 훨씬 많지만 단점도 있기 마련이다. '모르는 게 약, 아는 게 병'이라는 말처럼 잘 알다 보니, 잘하려는 마음에서 오버하게 된다는 점이다.

　선생님들이 아이들을 파트별로 그룹티칭을 할 때, 감독과 코디네이터, 그리고 자신이 모니터링을 하고 피드백도 해준다. 각자가 맡은 일에 따라 피드백이 다르지만, 그렇다고 그 영역이 칼로 무 베듯이 명확하게 나뉜 것이 아니다. 그래서 가끔 음악적인 면에서 조언을 하기도 했는데 그게 간혹 좋은 효과로 이어지지 않았고, 선생님들에게 간섭으로 받아들여졌다.

　"그래서 '선생님들에게 교육적인 부분은 언급하지 말자'는 다짐을 마음에 새겼어요. 하지만 잘할 수 있는 방식이 있는데 어렵게 가르치는 걸 볼 때는 참기가 참 힘들죠. 그래도 꾹 참고 따로 감독님께 말씀드려요. 우회로를 택한 거죠. 음악적인 부분은 그렇지만 아이들을 대하는 태도에 문제가 있을 때는 직접 얘기하죠. 그건 제가 얘기할 수 있고, 해야 하는 일이니까요. 마음에서 우러나와서 아이들을 대하면 더없이 좋겠지만, 항상 그럴 수는 없거든요. 그럴 때조차 아이들도 똑같은 인격체로 여기고 예의를 지켰으면 해요. 예의는 마음이 움직이지 않을 때도 갖춰야 할 기본적인 태도 같은 거잖아요. 단순히 아이들에게 존댓말을 쓰라는 것이 아니라, 무시하는 말을 하지 말자는 거죠."

'3년 차 징크스'를 넘어서
다시, 봄

몇 가지 시행착오를 거쳤지만, 이 일을 하는 데 실상 악기 전공자로서 장점은 많다. 그중에 하나는, 아이들이 성장하는 모습이 좋아지기 전과 후만 보이는 것이 아니라 단계별로 보인다는 점이다. 즉 아이들의 변화가 예측 가능하고 그 방향으로 좀 더 제대로 발전할 수 있도록 무엇을 해야 하는지 안내할 수 있다. 아이들을 키우다 보니 특이한 행동이나 문제가 될 만한 조짐을 잘 '캐치'한다는 것도 장점이다. 그럴 때는 코디네이터에게 얘기해서 학부모와 전화 상담을 하고 아주 예민한 문제는 직접 통화하기

음악은 흐른다 ～～～～～

도 한다. 예를 들면, 아이들이 서로 다퉈서 생채기가 생겼을 때나 친구에게 폭력적인 장난을 쳤다거나 하면 양쪽 집에 전화를 해서 이해를 시키거나 조치를 취한다.

"예술 행정이나 예술경영이 거창한 업무는 아닌 거 같아요. 특히 '꿈오'처럼 아이들을 모아서 교육을 할 때는 사소한 일부터 큰일까지 전반적으로 책임을 지는 것이 예술 행정이 아닌가 해요. 책임을 지려면 모든 일을 알아야겠죠. 왜 문제가 생기는지 원인을 찾을 수 있어야 하고요. 전해 듣는 것만으로는 제대로 책임을 질 수가 없으니까요. 그리고 운영 인력 중 누군가 빠졌을 때 그 빈자리를 대신해야 하다 보니, 결국 일인다역을 하지 않으면 안 되는 게 예술 행정인 것 같아요. 특히, 인적 자원에 한계가 있는 '꿈오'에서는요. 그래서 '책임프로듀서'인가요?"

그는 '꿈오' 하남의 모든 아이들을 한 명씩, 이름부터 집안 환경, 변화 과정, 세세한 태도, 심지어는 옷차림의 변화까지 줄줄 이야기할 수 있을 정도로 꿰고 있다. 아이들의 파일은 마음에 담고 마음에서 꺼내놓는다. 에너지 넘치는 그이지만 한 해가 지나가면 방전 상태에 이른다. 첫해에는 정기 연주회를 치른 뒤, 아이들의 연주를 보고 활력을 다시 찾았다. 아이들이 '꿈오' 하남에 올 때 가장 행복하다는 말로 그를 충전해줬기 때문이다.

그런데 2년 차 정기 연주회를 마치고는 아직 충전이 되지 않아서 걱정이 크다. 연주를 하던 아이들의 긴장된 얼굴, 행복해하는 얼굴, 벅찬 얼굴은 클로즈업 되어 머릿속에 선명한데 마음은 여전히 무겁게 내려앉아 있다. 어떻게 방전된 에너지를 충전할지 모르는 그는 어쩌면 '3년 차 징크스'를 겪는 중일지도 모른다.

그는 '비창'이라는 표제가 붙은 차이콥스키의 〈교향곡 6번 B단조 Op. 74〉를 좋아한다. 이 곡은 일반적인 교향곡, 그러니까 '소나타 형식의 관현악곡'이 갖는 악장별 템포 구성에서 벗어나 있다. 느린 1악장, 빠른 2·3악장 그리고 다시 느린 4악장. 특히 3악장은 다른 교향곡의 4악장처럼 몰아치며 마치 전곡이 끝난 것처럼 맺는다. 하지만 느린 4악장이 이어지고 음들은 하나씩 사그라지며 허공으로 사라진다. 그 빈 곳에서 다시 1악장의 선율이 되살아나는 것처럼 느낄 정도로 여운은 강렬하다. 끊임없이 순환하는 계절처럼 음악처럼, 그는 다시 봄을 맞을 것이다.

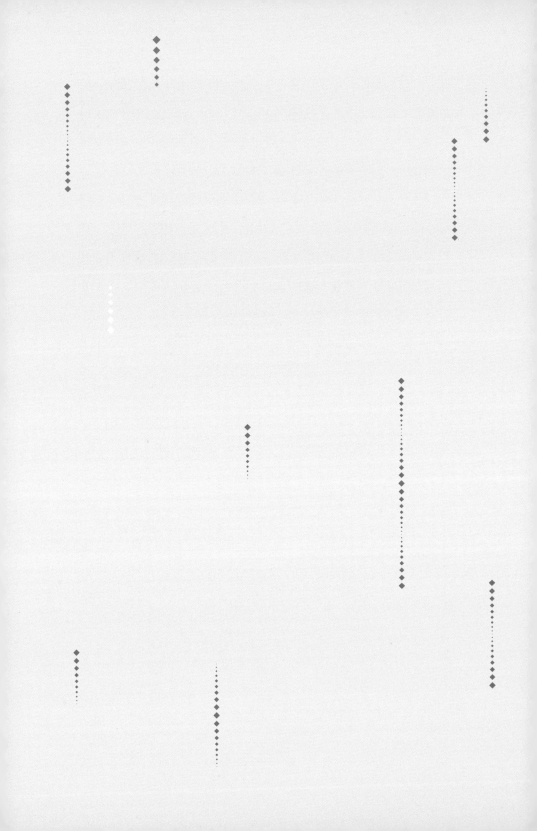

CHANGE

변화를 이루다

'꿈오 사람들'의 변화는 필연이다. 아이들은 친구를 만나고, 배려를 알고, 집중력이 생기고, 자신감을 얻는다. 차분한 성격이든, 활달한 성격이든 다르지 않다. 빠르면 빠른 대로, 느리면 느린 대로 악기를 연주하고, 빈 구석을 채워주고, 서로 배움이 일어난다. 선생님들은 자신들이 배워왔던 방식을 버리고 새로운 방식으로 아이들을 가르친다. 간혹, 생각의 변화를 따라가지 못하는 몸을 원망하기도 하지만, 배우는 데는 아이들 못지않게 진지하다. 그리고 즐겁다. 가르치면서 배우고 배우면서 가르친다.

동심원이 퍼져가듯 변화는 아이들로부터 선생님들과 학부모에게로 퍼진다. 지역사회로 퍼지고 다시 돌아와 아이들로 향한다. 이렇듯 '꿈오'의 변화는 함께 일어난다. 나의 변화는 너를, 너의 변화는 나를 바꾼다. 혼자가 아닌 함께하는 변화. '꿈오'에서 일어나는, 때로는 애틋하고 때로는 감동스러운, 오늘의 변화가 내일의 행복을 준비하는 이야기를 듣는다.

'꿈오'만의 사운드

꿈의 오케스트라 '성북' 문진탁(음악감독)

피아노와 지휘를 전공했고, 건국대학교와
국제신학대학원대학교 등에서 강사를 역임했다.
코리안 피스 오케스트라 예술감독, 세종대학교
겸임교수, 세종예술협동조합 이사장으로 교육과 기획
업무도 맡고 있다. '꿈오' 성북이 창단된 2013년부터
현재까지 활동하면서 음악 초보자들을 위한 '맞춤형
악보' 제작, 연습 지도, 지휘까지 1인 다역을
소화하고 있다.

지휘자의 손에는 지휘봉이 들려 있지 않다. 피아노 앞에 앉
은 그는 몸을 일으켜 양손을 천천히 든다. 미세하게 떨리는 손끝.
오케스트라의 아이들은 첫 음을 준비한다. 긴장한 지휘자의 손끝
이 허공을 가르자 아이들은 마음으로 울린 음을 쏟아낸다. 소리
는 시냇물처럼 흐르다가 여울을 만나 고이고, 또 터진다. 1악장
'알레그로 마에스토소', 2악장 '안단테', 3악장 '알레그로 비바체
아사이'. 물 흐르듯이 흘러 연주는 마무리된다. 맺힌 땀방울, 지휘
자는 미소 짓는다. 아이들은 모든 에너지를 쏟아부은 듯 잠시 멈
춤. 그리고 터지는 박수와 환호. 그제야 지휘자는 피아노에서 일

어나 관객을 향해 돌아서고, 아이들은 모두 자리에서 일어난다.

〈모차르트 피아노협주곡 21번〉. 2악장의 선율이 영화 〈엘비라 마디간〉에 흘렀던 곡, '마로니에'가 부른 〈칵테일 사랑〉이라는 노래에는 "모차르트 피아노협주곡 21번/ 그 음악을 내 귓가에 속삭여주며" 하는 가사로 언급되었던 그 곡. 지휘자이자 협연자인 피아니스트는 아이들 눈빛 하나하나를 마음에 담는다. 흐르는 땀을 닦을 새도 없이 두 눈에는 이슬이 맺힌다. 아이들도 가쁜 숨을 고르며 선생님과 객석을 바라본다.

꿈의 오케스트라 성북의 음악감독 문진탁. 그는 꿈꾼다. 접어두었던 연주자로서 열정을 펼쳐 아이들과 함께 〈모차르트 피

음악은 흐른다 〜〜〜〜〜

아노협주곡 21번〉을 연주하는 것을. 꼭 21번이 아니더라도, 지휘와 연주를 모두 하지는 못하더라도, 모차르트를 아이들과 협연하고 싶다.

그는 나이가 들어갈수록 고전주의 음악에 마음이 더욱 다가가는 것을 느낀다. 고전주의 작곡가 중에서도 모차르트, 특히 그의 후기 곡을 들을 때면 마음이 크게 움직인다. 그 여운이 마음 가득히 차서 내내 사라질 줄을 모른다. 아이들과 함께 즐겁게 또 긴장하며 합주와 공연을 마무리한 다음에는 언제부턴가 이와 같은 꿈이 슬그머니 이어진다. 아직은 꿈이지만 꿈의 오케스트라와 함께한다면 꼭 이루어질 것 같은 꿈. 지금 당장은 아니지만 언젠가…….

그가 처음부터 이런 꿈을 꾼 것은 아니다. 2013년 창단되어 8년 차인 '꿈오' 성북. 문진탁 감독은 창단 때부터 지금까지 쭉, 음악감독을 맡아왔다. 하지만 창단 무렵만 하더라도 '꿈오'가 한국형 '엘 시스테마'로 기획된 배경을 알지 못했다. 아이들을 싫어한 것도 아니지만 그렇다고 특별히 아이들에게 관심이나 애정을 느끼는 것도 아니었다. 첫해에는 음악'감독'으로서 역할을 했다기보다 '음악'감독으로서 합주를 만들고 공연에서 지휘를 하는 등 최소한의 역할만 수행했다.

그런데 2년 차가 되면서 '꿈오' 성북에 여러 변화가 일어났다. 사람이 바뀌고 조직도 변화를 요구했다. 그때부터 사람들이

'꿈오'의 사소한 일에도 의견을 물어 오게 되었다. 그 물음에 부응하면서 서서히 그는 '음악감독'이 되어갔다. 오롯이 아이들이 보이고 그들의 눈망울과 몸짓이 말을 걸어올 때쯤 그는 앞으로 꽤 오랫동안 이 일을 하게 될 것 같은 예감이 들었다. 이렇게 변화는 사람 사이에서 시작되었다.

어릴 때부터 피아노를 배웠지만 피아노의 음은 그저 '소리'로만 들렸다. 그런데 어느 순간 음 하나하나가 귀에 들어왔다. 마치 사랑하는 사람처럼 그 소리는 자신을 사로잡았고 그 순간부터 그는 음악을 삶으로 받아들였다. 그때처럼 변화는 느닷없이 그러나 꾸준히 쌓인 '무엇'을 통해 일어났다. 그 무엇은 '꿈오' 성북의 아이들이다. 또 아이들이 내는, 어설프지만 아름답고, 엇나가지만 조화로운 소리였다.

"꿈오는 내 어린 시절의 전부였어요"

변화는 아이들 사이에서 시작되어 그를 통해 퍼져 나갔다. 어디로 튈지 모를 아이들이 차츰 눈빛을 맞춰 화음을 쌓아갔고, 서로에게 자리를 마련해주고 배려하면서 오케스트라를 완성해 갔다. 아이들이 사춘기를 지나 온전히 성장하는 모습은 그에게

음악은 흐른다 ～～～～～

완벽한 음악을 듣는 것만큼 감동적이었다.

그중에는 성아(가명)라는 아이가 있다. 오케스트라에 들어와 1년 동안 목소리를 들어보지 못할 정도로 말이 없는 아이였다. 무표정한 얼굴로 즐거움도 화도 드러내지 않고 그저 타악기를 '두드렸다'. 이곳에 나오는 것보다 의사를 만나야 하지 않을까, 하고 걱정케 하는 아이. 그 아이가 1년이 지나자 친구들에게, 선생님들에게 이야기를 하기 시작했다. 얼굴에 표정이 담기게 되었고 악기 연주에서도 강약과 리듬을 싣게 되었다. 지금 돌아보면 한순간이지만 친구들과 선생님들의 관심과 기다림이란 배려가 없었다면 아마 성아는 오케스트라를 떠났을지도 모른다.

성아의 어머니도 이런 변화를 일으킨 중심에 '꿈오'가 있음을 털끝만큼도 부정하지 않는다. 성아의 변화는 아이들과 선생님들, 그리고 무엇보다 문 감독에게 감동으로 전해졌다. 성아는 타악기를 전공하겠다는 꿈도 갖게 되었고, 자신의 꿈을 현실로 만

들어가려고 준비도 만만찮게 하게 되었다. 어느새 대학에 갈 나이가 된 성아. '꿈오' 성북에는 이런 성아'들'이 모이고 꿈꾸고 또 자란다.

아이들이 꼭 전공을 하지 않더라도 "꿈의 오케스트라 성북은 내 어린 시절의 전부였어요"라고 쓰인 편지를 받을 때 그는 뭉클한 감동과 함께 깊은 책임감을 느낀다. 그럴 때마다 '첫 마음'으로 돌아간다. 아이들을 변화시키겠다는 의욕이 앞서지 않도록……. 처음 아이들과 제대로 만난 2년 차 때, 지금까지 매달려온 음악 인생의 방향이 아득할 정도로 그의 삶은 새로운 길로 접어들었다. 이제, 그 길이 아이들을 강요하는 방식이 되지 않도록 경계하며 그는 항상 '첫'을 생각한다.

"우리 언제 합주해요?"

그의 선후배들은 "도대체, 거기('꿈오')에 무엇이 있기에 이렇게 중요한 자리(공연)를 마다하고 가냐"면서 그를 이상한 사람으로 여긴다. 어떤 힘이 자신을 이곳으로 계속 이끄는지는 아이들과 함께 있으면 그 비밀을 알게 될 것임을, 악기를 처음 잡은 아이들이 만들어내는, 세상에 하나뿐인 음악을 들으면 알게 될 것임을 확신하지만 그렇다고 굳이 말로 설명하지 않는다. 그저

음악은 흐른다 〰〰

웃어 보이고 서둘러 아이들이 있는 곳으로 달려갈 뿐이다.

하지만 차분하고 조심스러운 성격인 그도 앞뒤 가리지 않고 나설 때가 있었다. '꿈오' 성북의 자립 단계에서는 그 역시 성북문화재단의 '꿈오' 담당자들처럼 여기저기 뛰어다녔다. 심지어는 구청장에게 지원을 호소하기 위해 무작정 구청에 찾아가기도 했고, 알음알음 지인을 통해 '자리'를 마련하려고 무모하게 나서기도 했다. 그때는 '꿈의 오케스트라가 없어지면 정말 큰일 나겠다'는 한 가지 생각뿐이었다. 이런 마음은, 전문적인 음악 단체에서 활동할 때는 느껴보지 못한 위기감이었다. 단지 아이들 때문만은 아니었다.

꿈의 오케스트라가 사라진다면 이는 단순히 오케스트라 하나가 생겼다 사라지는 것이 아니다. 아이들도, 교사도, 부모도, 지역도, 그리고 자신도 모두 꿈을 잃어버리는 것이기 때문이었다. 꿈도 오케스트라가 사라지는 진공상태, 그것만은 막아야 한다는 생각에 그는 절차도 무시한다는 욕을 먹으면서까지 나서지 않을 수 없었던 것이다. 마음은 그랬고, 앞뒤 재지 않고 나서기는 했지만 정말 중요하고 결정적인 일은 성북문화재단의 행정 담당자가 했다며 그는 한발 물러선다. 간절한 마음과 이런저런 시도로 응원했을 뿐이라며.

아이들은 연주하는 것을 좋아한다. 연주가 하나하나 완성될 때 아이들은 무엇보다 큰 성취감을 느낀다. 연주의 완성도는 그

다음 문제다. 아이들은 특히 합주를 좋아한다. 파트 연습이나 개인 연습 때는 지루해하고 실력도 더디게 늘지만 합주를 하면 금방 배우고 익힌다. 문 감독은 신기했다. 자신이 받아온 교육 방식대로라면 불가능한 일이었다. 일견 짜임새 없이 듬성듬성 빈 구석이 많아 보이는 이 방식이 오히려 아이들의 연주 실력을 하루가 다르게 발전시켰던 것이다. 악기 소리를 흉내 내는, 입으로 하는 합주의 효과도 마찬가지다.

한번은 어려운 곡이 선정되어 집중적인 연습이 필요하다고 보고 아이들에게 파트 연습, 개인 연습을 많이 시키려 했다. 하지만 아이들은 "우리 언제 합주해요?" 하며 금세 지루해했다. 연습이 충분하지 않았지만 합주에 들어갔다. 그런데 합주를 몇 번 거듭하자 아이들은 연습 때는 내지 못했던 소리를 내는 것이 아닌가? 선생님과 친구가 내는 악기 소리를 들으며 어느새 자신의 소리를 만들어내는 아이들. 물론 파트 연습과 개인 연습 없이 합주만으로 오케스트라를 완성할 수는 없다. 하지만 합주를 통해 아이들의 실력이 늘고, 또 즐거워하는 모습을 볼 때, 나아가 이들이 마음을 담아 소리를 내는 것을 보면, 합주는 '꿈오' 연습의 핵심이 아닐까 하고 생각하게 되었다. '함께 그리고 재미있게', 이것이 '엘 시스테마'의 지향이 아닐까 하는 것도.

아이들만이
낼 수 있는 소리

‘꿈오’ 성북에는 유일한 프로 음악 단체가 있다. 바로 ‘꿈오’ 성북의 선생님들이 만든 앙상블 팀으로, 이들의 음악 활동은 강사들 간의 순조로운 협업을 짐작게 한다. 선생님 덕분에 행복한 아이들, 아이들 덕분에 행복한 선생님이 공존하는 것이 ‘꿈오’ 성북의 현재 모습이다.

문 감독은 자신이 ‘꿈오’ 성북에 언제까지 있을 수 없다는 것을 안다. 아니, 자신이 끝까지 있는 것보다 ‘꿈오’ 성북이 100년

넘게 이어지기를 바란다. 그러기 위해 사람이 바뀌어도 꿈오가 흔들리지 않도록 기반을 마련해야 한다. 그는 지금 그 밑거름을 쌓아가고 있다. 단지, 욕심이 있다면 피아니스트로서 아이들과 언젠가 모차르트를 연주하는 것이다.

그는 아이들만이 낼 수 있는 소리가 있다고 믿는다. 전국의 '꿈오'가 모인 캠프에서, 경연이 아니었음에도 공연 경쟁이 과열된 적이 있었다. 심지어 교육강사 이외에도 객원 선생님들을 공연에 참여시키는 분위기도 있었다. 그때 그는 교육강사도 빼고 오로지 아이들만 무대에 오르게 했다. 어설프지만, 어긋나지만 아이들만이 낼 수 있는 소리. 이것이 엘 시스테마의 사운드라고 그는 확신한다. 아이들을 대상화하지 않고 '꿈오'의 주인으로서 자신의 소리를 내도록 해야 하지 않을까? 오케스트라의 사운드이든, '아이들이 곧 미래'인 사회의 목소리이든······.

음악은 흐른다 〜〜〜〜〜〜〜〜〜〜〜

'꿈오'는 나의 학교,
나의 쉼터

꿈의 오케스트라 '오산' 오혜인(단원)

꿈의 오케스트라 오산에서 첼로 파트를 맡아
6년째 단원으로 활동하고 있다. 첼로 파트장을
맡기도 했으며 연습 시간에는 신입단원들을
가르치기도 한다. 현재 탈학교 청소년을 위한
센터에서 꿈을 찾는 중이다.

길을 가다가 문득, 어디선가 흘러나오는 음악 소리에 홀린
듯 귀가 열릴 때가 있다. 처음 듣는 음악이든 익숙한 음악이든
그때는 먼저 발걸음이 멈춘다. 거리에 가득 찬 소음이 일순 가라
앉고 음악 소리만 떠다닌다. 떨어지는 낙엽도 날리는 비닐봉지
도 모두 음악에 맞춰 춤추는 것처럼 보인다. 이때의 음악이 자크
오펜바흐의 〈재클린의 눈물〉이거나 바흐의 〈무반주 첼로 모음
곡〉이라면 멈춰 선 이의 마음은 또 얼마나 울릴까, 두근거릴까,
설렐까?

첼로 소리는 흔히, '사람의 목소리와 가장 닮은 음색'이라고

한다. 사람마다 음역이 제각각이니 음역대가 비슷해서 나온 이야기만은 아닌 듯하다. 날카롭거나 둔탁하지 않은 차분하고 따뜻한 소리, 즉 '인간적인' 음색이라는 데서 생긴 비유가 아닐까? 또한 클래식 악기 중에서 거의 유일하게 심장에 대고, 가슴으로 안고 연주하는 악기여서 그럴지도 모르겠다. 첼로의 울림통과 마음의 울림통이 맞닿아 내는 소리. 현대미술의 거장 백남준의 〈휴먼 첼로〉는 사람을 첼로 대신 보듬고 연주하는, 첼로와 사람의 유사성을 모티프로 한 행위 예술이다. 이처럼 음색은 물론 모양도 크기도 사람을 닮은 악기가 바로 첼로다.

첼로, 다른 음을
빛나게 하는 소리

꿈의 오케스트라 오산의 6년 차 단원 오혜인. 그가 오케스트라에서 맡은 악기는 첼로다. 요즈음 그는 음악 속에서 첼로 소리를 찾아내는 재미에 빠져 있다. 굳이 찾아낸다기보다 첼로 소리가 도드라져 들려온다. 오케스트라에서 주 선율은 바이올린이 담당한다. 이럴 때 첼로 소리는 화음으로 받쳐준다. 첼로의 음은 노래처럼 이어지지 않지만 음 하나하나는 그의 마음을 울린다. '꿈오'에서 첼로를 연주할 때처럼 어디선가 들려오는 음악에서도 그

음악은 흐른다 〜〜〜〜〜

렇게…….

드보르자크의 〈교향곡 9번 '신세계로부터'〉나 요한 슈트라우스의 〈아름답고 푸른 도나우〉, 오케스트라 곡으로 편곡된 〈마이 웨이〉는 그가 '꿈오'를 하면서 좋아하게 된 곡이다. 이들 곡에서도 첼로는 대개 선율을 받쳐준다. '꿈오'에 들어가지 않았다면 주 선율이 아닌 화음을 이루는 첼로 소리가 귀에 들리기나 했을까? 하지만 처음에는 그 소리가 익숙하지 않아 소리를 내는 것이 힘들었다. 연습을 거듭해 제대로 소리를 내도 그 소리는 드러나지 않아 첼로가 싫을 때도 있었다.

그런데 어느 날 합주 때, 바이올린만 따로 연습하는 것을 들은 적이 있다. 그 소리는 모든 파트가 함께 연주할 때와는 사뭇 다른 소리로 들렸다. 분명 주 선율인데 초라하게 들렸던 것이다. 바이올린 파트가 열심히 연주하는데도 불구하고……. 잠시 뒤 첼로 파트와 합주를 하자 제대로 된 소리, 아름답고 풍성한 소리가 들려오는 게 아닌가? 첼로 파트와 다른 현악기, 관악기와 타악기 소리가 뭉치고 흩어지며 어우러졌다. 어느새 그는 첼로 파트의 음을 입으로 내며 신나게 연주하게 되었다.

그날 이후 혜인은 첼로가 더 좋아졌다. 바이올린처럼 빛나지는 않지만 첼로처럼 묵묵한 사람이 되고 싶다는 생각도 어렴풋이 하게 되었다. 독주자가 되어 첼로 협주곡을 연주하는 모습도 상상했지만 오케스트라에서 아름다고 풍성한 소리를 만드는 것도 훌륭하다고 생각하게 되었다. '소리를 빛나게 하는 소리가 정말 빛나는 소리'가 아닐까 하는 것도. 그때부터 첼리스트가 되고 싶은 마음이 생겼다. 무대에 오르는 연주자가 되지 않더라도 첼로를 놓지 않겠다고.

"언제든
다시 와도 된다"

사실 혜인은 6년 전 처음 악기를 정할 때, 콘트라베이스를 하고 싶었다. 말로 표현할 수는 없었지만 그냥 큼직한 악기가 마음에 들었고, 깊게 울리는 소리가 좋았기 때문이다. 하지만 선생님들의 권유로 첼로를 선택하게 되었고 첼로 파트장을 맡기도 했다. 지금 첼로 파트장인 후배에게서 "나도 언니처럼 첼로를 잘 연주하고 싶어요"라는 말을 들었을 때는 어깨가 으쓱해진다. '첼로를 선택하기를 잘했어' 하는 생각이 들면서.

혜인은 한때 '꿈오' 오산을 떠난 적이 있다. '꿈오' 때문이 아니었다. 발목 인대를 다쳐 수술을 하게 되었는데, 수술 후 회복하고 다시 시작한 학교생활에 적응하지 못했던 것이다. 학교 친구들과 문제가 있었던 것은 아니지만 치료하는 동안 생긴 공백은 메우기가 힘들었다. 그래서 전학을 결심하고 오산 집을 떠나 목

음악은 흐른다 〰〰〰〰

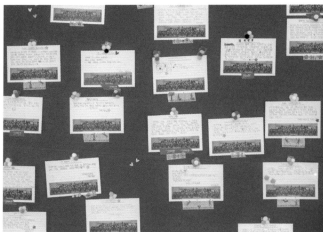

포 외할머니 댁에 가서 살게 되었다. 그때 '꿈오' 오산의 이정홍 감독은 '꿈오' 목포에 부탁해 혜인이 첼로를 계속할 수 있도록 배려해주었다. 물론 혜인에게 "언제든 다시 와도 된다"는 당부도 빠뜨리지 않았다.

"목포 꿈오는 연락이 잘 되지 않아 가지 못했어요. 대신 목포에서는 학교 오케스라에서 부 활동을 했어요. 중학교 때는 전학 가서 늦게 들어갔지만 열심히 했어요. 고등학교 때는 과 동아리 활동하느라 자주 참석하지 못했지만요. 고등학교 생활은 무척 재미있었어요. 제가 들어간 영상과에 흥미를 느꼈기 때문이에요. 나중에 커서 영상 관련 일을 하고 싶다는 생각도 했어요. 하지만 저에게 무신경하신 할머니랑 같이 사는 게 힘들어서 스트레스를 받기 시작했어요. 그러다가 언제부턴가 학교생활도, 공부도 재미가 없어졌어요. 모든 게 귀찮아졌어요. 그래서 자퇴를 했어요. 영상 일을 하고 싶은 꿈도 그때 사라져버렸어요."

혜인은 외할머니 곁을 떠나 다시 오산 집으로 돌아왔다. 친구들도, 선생님들도 보고 싶었지만 종일 '알바'를 하고 검정고시 공부도 했기 때문에 시간이 도저히 나지 않았다. 그럴수록 첼로를 다시 연주하고 싶은 마음이 간절해졌다. "언제든 다시 와도 돼" 하고 말해줬던 이정홍 감독의 목소리가 자꾸 첼로 소리처럼 귓가에 묵직하게 울렸다.

선생님들과 친구들이 보고 싶은 마음이 넘치던 어느 날 혜인은 마침내 '꿈오'를 찾아간다. 그런데 친구들과 선생님들이 어제 헤어졌던 사람처럼 자신을 대하는 게 아닌가? 무거운 마음이 한순간에 사라져버렸다. 다시 '꿈오'를 시작한 그는 연습하는 날만 손꼽아 기다리게 되었다. 그동안 쉬었던 악기를 다시 하려니 마음만큼 되지 않아서 살짝 '짜증'은 났지만.

무엇이 되기보다
무엇을 하고 싶은지

혜인이 돌아오고 나서 그가 그랬던 것처럼 단원 중 몇몇이 각자의 사정으로 떠나게 되었다. 첼로 파트에서는 자신과 한 명만 남게 되었는데, 다행히 새 단원이 들어와 첼로 파트가 채워졌다. 혜인은 먼저 배운 단원으로서 새로 들어온 동생들을 가르치게 되었다. 물론, 선생님처럼 제대로 가르칠 수는 없었지만, 자신이 배운 대로 알려주면 되니까 그럭저럭 어렵지 않게 가르칠 수 있었다. 첼로를 처음 배울 때 어떤 게 힘든지는 선생님보다 자신이 더 잘 알기 때문에 동생들의 마음을 잘 이해할 수 있었다. 동생들이 땀 흘려 집중하는 것을 보면 마치 자신이 선생님이 된 것 같아서 기분이 좋았다.

'꿈오' 오산에는 특별한 프로그램이 있다. 새로 들어온 단원들로만 구성된 작은 오케스트라를 오래된 단원이 지휘를 하는 레퍼토리. 혜인에게 그 기회가 주어졌다. 신입 단원들을 지휘해 그 곡을 실수 없이 마쳤을 때, 그때의 긴장과 뿌듯함이란……. '공연이 끝나면 선생님들이 느끼는 감정이 이런 것이겠구나' 하는 생각이 들면서 선생님들이 더 존경스러웠고 새삼 고마웠다.

혜인은 '꿈오'를 하면서 많이 달라진 자신을 발견한다. 그전까지는 무슨 일이든 쉽게 질리는 편이었다. 그런 면모가 싫지만 마음대로 되지 않았고 특히, 깊이 좋아했던 일일수록 포기도 빨랐다. 첼로를 배우고 또 싫증이 날까 봐 마음 깊은 곳에서 불안했다. 하지만 다행히 첼로는 싫증이 나지 않았다. 힘들지만 조금씩 늘수록 자신감도 생기고 그만큼 더 잘하고 싶은 마음이 샘솟았다. 이제 혜인에게 첼로는 악기가 아니라 오래 사귄 친구나 마찬가지다.

혜인은 학교에서 반장은 고사하고 어디서나 앞장서서 뭔가를 해본 적이 없었다. "예전에는 사람들 쳐다보는 것도 힘들어서 머리카락으로 얼굴을 거의 가리고 다녔어요. 그런데 '꿈오'에서 첼로를 배우고 파트장도 하고 친구들과 이야기도 잘하게 되었어요. 자신감이 생겨서 그런지 '나도 리더십이 있구나' 하는 생각도 해요. 다른 사람도 잘 챙기게 되었고요. 선생님들과 친구들에게서 '넌 참 사람을 편하게 해주는구나' 하는 이야기를 들을 정도로요."

음악은 흐른다 〰〰〰〰〰〰

　혜인은 요즈음 탈학교 청소년을 돌봐주는 센터에 나가서 여러 가지를 배운다. 한번은 센터에서 만든 빵을 꿈오 선생님들께 드린 적이 있는데 누구보다 이정홍 감독이 가장 기뻐했다. "꿈오가 없었다면 지금 어떻게 살고 있을까, 생각해볼 때가 있어요. 아마 학교를 잘 다니고 있었겠죠. 하지만 지금처럼 자유롭게 살지는 못했을 것 같아요. 자신감도 잃고 외톨이가 되었을지도 모르죠."

　혜인은 아직 '어떤 직업을 가져야지' 하는 꿈이 없다. 그래서 불안하기도 하다. 하지만 '꿈오'에서 친구들, 선생님들과 있으면 불안한 마음이 누그러지고 첼로를 연주하면 자신감이 다시 살아난다. 그럴 때면 생각한다. 무엇이 되기보다는 무엇을 하고 싶은

지가 더 중요하지 않을까 하고. 더 많은 경험을 하고 지금 느끼는 자신감이 성취감으로 쌓일 때쯤 작든 크든 '내 꿈'이 생길 것이라고. 혜인은 이제 안다. 자신이 그 꿈에 한 발 한 발 다가갈 것이라는 것을. '꿈오'의 선생님들과 친구들이 그런 자신을 지켜봐주고 응원하리라는 것을.

구름과 더불어
아이들과 함께

꿈의 오케스트라 평창 장한솔(음악감독),

황효주(교육강사, 첼로), 정인서(교육강사, 트럼펫)

장한솔은 음악감독이자 현대음악 작곡가이다.
2016년부터 '꿈오' 평창과 함께하며 <구름 위의
아이들> <별들의 함성> 등을 작곡했다.
교육강사 황효주, 정인서는 '연주가 곧 놀이이고,
놀이가 곧 연주'인 오케스트라 교육 프로그램을
고안하는 데 노력하고 있다.

짙게 깔린 구름을 뚫고 아이들이 솟아오른다. 구름 위는 어두컴컴한 아래와는 달리 햇볕이 짱짱하다. 아이들은 아무런 거리낌 없이 뛴다, 구른다, 달린다, 깔깔댄다, 떠든다. 제 마음대로 내달리는 아이들, 그럼에도 신기하게 서로 부딪치지 않는다. 아이들이 햇살을 받는다, 튕긴다, 뿌리친다, 안는다. 햇살은 아이들에게서 난반사로 퍼진다. 밝아진 구름은 어느새 새하얀 뭉게구름. 맘껏 놀다 지친 아이들이 구름 위에 쓰러진다. 구름이 아이들을 받아준다, 출렁인다. 아이들은 구름에 몸을 맡기고 잠든다.

아이들이 깊은 잠에 빠지자 구름은 아래로 아래로 내려간다.

빙글빙글, 두근두근, 출렁출렁. 구름 하나가 계곡을 건넌다. 다른 구름은 시냇물을 따라간다. 구름들이 들풀 위에 얹힌다. 꽃이 되듯, 꽃이 피듯, 메밀꽃 꽃다지, 아이들은 꽃으로 깨어난다. 언덕을 줄지어 내려간다. 장맛비가 쏟아진다. 나무들, 풀들이 자란다. 아이들은 빗방울을 맞으며 뛴다. 빗방울은 문득 떨어지는 나뭇잎이 된다. 아이들이 뛴다. 바람을 안고 바람을 업고 바람을 이고. 나뭇잎은 다시 꽃송이가 된다. 눈꽃송이. 함박눈을 맞으며 아이들은 미끄러진다. 언덕 위에서 언덕 아래로 숲속으로 빠져든다. 아이들이 멈춘다. 자작나무를 안는다. 눈 내리는 소리만 선명한 고요한 숲속, 구름 같은 눈밭 위에서 아이들, 점점 여리게 잠든다.

구름 위의
아이들을 만나다

〈구름 위의 아이들〉, 이 곡은 2018 평창 동계올림픽을 기념하기 위해 세 명의 작곡가에게 위촉된 평창 3부작첫 번째 곡 〈평창 칸타타〉(황성호 곡), 두 번째 곡 〈아라리 변주곡〉(김택수 곡), 세 번째 곡 〈구름 위의 아이들〉(장한솔 곡). 2017년 평창 지역의 아동 청소년 연합 오케스트라의 연주로 발표되었다의 세 번째 곡이다. 이 곡을 작곡한 '꿈오' 평창의 음악감독 장한솔. 그는 '구

음악은 흐른다 〰〰〰〰〰

름 위의 아이들'이 '꿈오' 평창의 단원들임을 숨기지 않는다.

2016년, '꿈오' 평창의 음악감독을 맡기 전까지 그는 자신의 음악 인생이 이렇게 아이들과 밀착될 줄은 꿈에도 몰랐다. 그런데 자신 안에 깊이 똬리를 틀고 있던 아이들을 좋아하는 마음이 터졌는지 아이들과 함께하는, 힘들지만 보람 있는 일이 이제는 싫지 않다. 아니, 이제는 '꿈오'의 아이들이 없는 생활은 상상하기조차 힘들어졌다. 밝고 명랑하면서 시시때때로 변하는 종잡을 수 없는 아이들, 그들 곁에서 〈구름 위의 아이들〉이 태어났다.

"평창은 '해피 700'이라는 평창군의 캐치프레이즈처럼 해발

평균 700미터의 높은 지대에 있어요. 어느 날 새벽 일찍 잠이 깨어 집 앞 강가로 산책을 나갔는데, 구름이 눈 아래에 깔려 있는 게 아니에요? 평창은 정말 구름 위에 있는 곳이구나, 하고 새삼 느끼며 한참을 바라보았어요. 그래서 그 위에서 살아가는 아이들을 떠올리며 〈구름 위의 아이들〉을 쓰게 되었어요."

'꿈오'는 저소득 가정, 차상위 가정, 한부모 가정, 다문화 가정, 다자녀 가정 등 예술교육의 기회를 누리기 힘든 계층의 아동 청소년이 전체 모집 인원의 일정 비율(60퍼센트) 이상을 유지하도록 했다. 아이들을 처음 만났을 때, '도대체 어떻게 가르쳐?' 생각은 그렇게 했지만 마음은 점점 아이들에게로 기울어졌다. 자신을 필요로 하는 곳, 자신이 있어야 할 곳이라는 울림이 마음속에서 커져갔기 때문이다.

"아이들이 오히려 저를, 선생님들을 가르쳤죠. 막연하게 알고 있던 엘 시스테마, 꿈의 오케스트라 교육철학을 체화시켜줬으니까요. 현이(가명)는 정말, 농담 반 진담 반, '이 아이가 없으면 편하지 않을까' 하는 마음이 들 정도로 힘든 아이였어요. 제가 시작부터 지친 거죠. 청개구리 기질에, 꽥꽥 소리를 질러대고, 친구들 선생님들 주위 사람들을 개의치 않고 자기 하고 싶은 대로 해버려서 모두의 주목을 받던 아이였어요. '그래도 저 어린아이를 기다려주고 긍정적으로 바뀔 수 있도록 돕는 게 우리가 모인 이유 아니겠느냐'며 스스로를 다잡고, 선생님들을 독려했죠.

　그런데 어느 날 현이한테 '그럴 거면 집에 가라'는 말이 제 입 밖으로 나와버린 거예요. 그러자 현이는 주저 없이 가방을 싸서 나가버리더라고요. 집까지는 도저히 걸어갈 수 없는 거리였어요. 부랴부랴 찾아 나서고, 집에 전화하고, 난리가 아니었죠. 그런 아이가 첼로 선생님의 사랑을 듬뿍 받고 주위를 살필 줄 아는 아이로 달라졌어요. 자기 목소리를 낼 때와, 반대로 남의 목소리를 들어야 할 때를 구분할 수 있게 된 거죠. 이런 부분이 오케스트라 교육의 목적이자 장점일 텐데, 현이도 아름답게 변하고 교육하는 저희도 성취를 이룬 거죠. '꿈오'의 교육철학이 단순히 보기 좋은 슬로건이 아니라 '정말 음악을 통해 아이들이 변할 수 있구나'라는 깨달음과 확신을 가질 수 있었어요.

현이가 초등학교를 졸업하고 타지의 기숙사가 있는 중학교에 진학하는 바람에 더는 오케스트라에 나오지 못하지만 지금까지도 연락을 해오고 '꿈오'의 정기 연주회를 보러 찾아와요. 얼마 전에는 스냅사진과 직접 만든 머그컵을 선생님들과 제게 보내왔어요. '오늘 제가 있는 곳, 하늘의 노을이에요. 예쁘죠?'라며……. 현이는 늘 그립고, 떠오를 때마다 뭉클한 예쁜 아이예요."

음악으로 누군가를
행복하게 해주는 기쁨을

서로 조화를 이루지 못하면 아무리 제각각 기량이 뛰어나도 어긋날 수밖에 없는 것이 오케스트라 음악이다. 그 안에서 음악을 만들어가다 보니 평창의 '현이들'에게 배려와 참을성이 생겼을지도 모른다. 하지만 거기에 더해 평창에는 또 다른 특별함이 있다. 그것은 강사들이 보다 적극적으로 아이들을 만난다는 것이다. 즉, 음악감독이 제시하거나 행정 부문에서 시행하는 프로그램이 아니라, 각 파트의 교육강사가 주체가 되어 개성 있는 수업을 준비하는 방식이다. 한국형, 평창형 엘 시스테마 교육프로그램. 이 방식을 개발하는 데 누구보다 앞장서온 첼로 파트 황효주 강사는 이 프로그램의 핵심은 진정성이라고 여러 번 강조한다.

"아이들은 처음부터 음악으로 소통할 준비가 되어 있지는 않잖아요. 물론 음악에 빠지면 더없이 좋겠지만 그런 아이는 소수죠. 처음에 서로 공감하는 데 음악만으로는 쉽지 않거든요. 또 어쩌다 그럴 수 있지만 그게 지속되는 것은 어려워요. 그래서 서로를 생각하고 사랑하는 마음을 표현하고 확인하고 확인받는 게 무엇보다 필요해요.

저는 진정성을 갖고, 진심으로 아이들에게 다가가려 노력합니다. 친밀해지려고 작은 것에서부터 애쓰는데, 예를 들어 아이들과 인사를 할 때면 예의를 강요하기보다, 제가 먼저 사랑하는 마음으로 다가가 인사를 해요. 그러다 보면 아이들도 서서히 마음을 열고 따뜻하게 웃어줍니다. 마침, 저는 기타 연주도 가능해서 그걸 메고 아이들 앞에 서기도 합니다. 함께 노래를 부르고 재

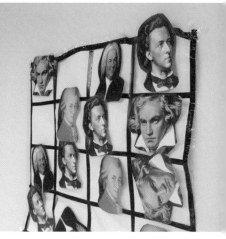

미있는 놀이로 소통하면서 음악 이야기와 이론을 연결해요. 교육 프로그램, 하니까 아주 특별한 것이 있는 것 같지만, 사실 아이들과 즐겁게 만나는 게 다예요. 혼자서도 재미있고 여럿이도 즐거운 음악 놀이인 거죠."

각자 맡은 파트의 악기를 가르치는 것만으로도 벅찰 텐데 이렇게 고생을 더하는 이유는 분명했다. "음악으로 누군가를 행복하게 해주는 기쁨을 아이들에게 알려주고 싶었어요." 그렇다고 사랑만으로 사랑이 완성되는 것은 아니다. 아닌 것은 아니라고 분명히 얘기할 수 있어야 한다. 음악에서도 완급 조절, 부드러움과 날카로움이 필요한 것처럼 아이들을 사랑하는 데도 그러한 태도가 필요하다.

'꿈오' 평창의 선생님들은 악기 레슨에 몰두하는 이 끝과 아이들과 신나게 즐겁게 노는 저 끝, 그 중간 어느 지점 여기저기에 있다. 그 위치는 고정되어 있지 않고 왔다 갔다 한다. 하지만 우왕좌왕하는 것이 아니라 메트로놈처럼 정확하다. 음악과 놀이를 넘나들며 아이들은 선생님들의 뭉게구름 같은 사랑에 흠뻑 빠져 스스로 음악이 되어간다.

구름 위의
'아이들 바보'

그렇다고 아이들에게 언제나 즐거움만 가득한 것은 아니다. 아이들이 우울하거나 표정을 잃었을 때, 밝은 얼굴로 '안녕' 해봤자, 돌아오는 것은 잘해야 억지웃음이다. 이럴 때 슥, 먼저 다가서는 선생님이 있다. 트럼펫 파트 정인서 강사. 그는 유난히 평창 아이들의 환경과 처지를 떠올리면 울컥, 한다. 자신이 지나온 시간들이 그 위에 겹쳐지기 때문이다.

"미술을 전공하고 싶어서 어릴 때부터 그림을 그렸어요. 중학교 시절 부모님께서 이혼을 하시고, 경제 상황이 기울면서 예고를 포기하고 인문계 고등학교에 진학할 수밖에 없었어요. 고등학교 때였어요. 옥상 위에서 아름답게 울리던 오케스트라 소리에 이끌려 처음엔 바순을 배우다가 적성에 더 맞는 트럼펫을 시작했죠. 아름다운 음악 안에 있었지만, 규율은 참 엄격했어요. 선생님이 저지른 잘못된 폭력·폭언·인격 모독, 학생들에 대한 차별 등, 그때는 다 그랬다지만 어린 나이에도 이런 상황이 잘못됐다는 걸 알 수 있었죠. 그럼에도 음악을 너무 하고 싶어 독학을 했어요. 그러던 중에 따뜻하고, 학생을 진심으로 대하는 선생님을 만나게 되었어요. 선생님은 레슨비도 받지 않고 저를 가르쳐주셨는데 그분의 도움으로 서울에 있는 4년제 음대에 진학할 수 있었어

요. 지금까지 음악을 할 수 있었던 건 그렇게 좋은 선생님을 만났기 때문이라고 확신해요. 정말 저는 지금 '꿈오' 아이들처럼 음악을 했던 거죠."

"아이들이 정말 이타적으로 자랐으면 좋겠다"고 강조하는 정인서 선생님. 그늘진 아이들에게 손 내밀고 안아주고 이야기를 들어주고 공감하는 일이 쉽지 않을 텐데, 그 일을 척척 해내는 데는 그만큼 이유가 있다. 경험을 공유하는 데서 오는 공감 능력은 무엇보다 큰 힘을 발휘한다. '꿈오' 평창의 선생님들은 다 다르면서 또 같다. 성격과 처지, 경험은 제각각이지만 아이들을 만나는 데서는 한마음이 된다. 각자 역할이 원래 주어진 것처럼 누구는 사랑으로, 누구는 공감으로, 누구는 즐거움으로, 누구는 아픔으로 아이들을 만난다.

장한솔 감독은 피아노 학원을 한 어머니 덕분에 어릴 때부터 자연스럽게 피아노를 배울 수 있었다. 초등학교 고학년 때부터 곡을 쓰기 시작했는데 예술적 재능은 현대미술가인 아버지에게서 물려받았다. 작곡가가 되는 것은 자연스러운 일이라고 생각했다. 소리에 예민할 대로 예민한, 뾰족한 그를 누그러뜨려 둥글

음악은 흐른다 〰〰〰〰〰〰〰〰

게 만든 평창의 아이들. 아이들이 내는 다소 투박한 소리가 언제부턴가 친근하게 느껴질 정도로 그는 달라졌다. 유학을 포기하고 남았을 때만 해도 이후 자신의 음악적 삶이 '구름 위'에 오를 줄은 정말 몰랐다. '아이들은 대체할 수 없는 매력으로 행복과 기쁨을 준다'는 말에서 느낄 수 있듯이 평창의 아이들은 이제, 그의 삶에서 떼놓을 수 없다.

'꿈오' 강릉에서 위촉한 〈별들의 함성〉을 쓸 때도 그는 즐거운 고민을 했다. "아이들이 멋지게 연주하기보다 즐겁게 연주할 수 있는 곡을 만들자는 마음이었어요. 한 음 한 음 '별과 같은 아

이들'의 모습을 새기듯 곡을 완성했죠." "아동 오케스트라는 지휘하지 않겠다"던 현대음악 작곡가 장한솔이 이제는 아이들이 내는 소리, 그 까칠하고 귀여운 소리가 매력적이라는, 구름 위의 '아이들 바보'가 된 것이다.

사람들 사이에
울리는 앙상블

원주 푸른꿈오케스트라 김진수(음악감독),

이세영(교육강사, 바이올린), 윤도경(교육강사, 콘트라베이스)

김진수는 늦깎이 색소폰 전공자 출신의 음악감독으로
윤도경, 이세영 등 '꿈오' 원주의 강사들과 함께
앙상블을 구성해 다양한 지역 행사에 참여하고 있다.
'선생님들이 즐거워야 아이들도 행복하다'는 생각으로
사람 중심의 오케스트라를 만들어가고 있다.

앙상블ensemble. 프랑스어에서 온 이 외래어 다음에는 관용적으로 '이루다'라는 동사가 붙는다. 앙상블 '하다'나 앙상블 '되다'는 왠지 어색하다. 국어사전에 따르면 앙상블은 음악 이외에 패션, 연극 등의 분야에서도 쓰인다. 분야에 관계없이 우리말로는 대체로 '조화調和' '어울림'으로 바꾸자는, 즉 순화하자는 설명이 붙어 있다. 음악과 관련해서는 '2인 이상의 노래나 연주' '실내악을 연주하는 적은 인원의 합주단'을 말한다.

앙상블은 공감각적이다. 앙상블을 이루는 것은 소리이자, 모습이다. 또한 앙상블은 마음의 작용이기도 하다. 자연히 그렇게 되는 것이 아니라 마음이 움직이는 과정을 담고 있다. 이는 마음과 마음을 어떻게 연결해가야 하는지 끊임없이 고민하고 시도하고, 이해하고 배려하는 소통의 과정이다.

앙상블 하면 보통 실내악이 떠오르지만 푸른꿈오케스트라(이하 '꿈오' 원주)의 음악감독과 교육강사로 구성된 앙상블은 장소를 가리지 않는다. 언제 어디서 어떤 요청이 있더라도 시간만 허락된다면 달려가 음악을 연주한다. 어떤 곳도 어떤 곡도 소화할 수 있는 '꿈오' 원주 강사 앙상블. 그런데 그 시작은 즉흥적이었다.

흥과 끼가 넘치는
앙상블

2017년 '꿈오' 안동과 함께한 여름 캠프, 강사들의 연주를 아이들에게 들려주자는 제안이 즉흥적으로 나왔고, 양쪽 '꿈오'의 강사들이 준비해 연주를 한 적이 있다. '꿈오' 안동 선생님들은 정통 클래식 곡을 준비한 반면, '꿈오' 원주 선생님들은 〈맘보차르트Mambozart〉 등 장르를 넘나드는 흥겨운 곡으로 아이들에게 호응을 얻었다. 이때, 흥이 넘치는 이세영 강사는 바이올린을 연주하면서 춤까지 췄다.

음악은 흐른다 〰〰〰〰〰

선생님들은 아이들처럼 신이 났다. 그래서 내친김에 강사들로 구성된 앙상블을 만들었고, 지역에서 요청하면 달려가게 된 것이다. '꿈오' 원주의 운영 단체인 원주문화재단에서도 적극적으로 홍보해, 마치 매니저처럼 여기저기 '행사'를 잡아주었다.

'꿈오' 원주의 음악감독과 강사들은 흥이 넘친다. 흔히 '끼를

주체할 수 없다'는 말이 딱 들어맞는 선생님들. 평소에도 그렇지만 악기를 잡으면 흥이 폭발한다. 남녀노소, 장소 불문하고 '업'시킬 수 있는 레퍼토리, 흥과 끼가 이들의 무기다.

"꿈오가 자립하면 예산을 충분히 확보하기가 어렵잖아요. 그렇다고 아이들에게 쓰는 예산을 줄일 수는 없어서 선생님들의 시수를 줄이는 방법으로 예산을 절감했던 것이죠. 시수가 준다고 선생님들이 아이들을 예전보다 덜 돌보는 것도 아니기 때문에 보수만 적어진 것이죠. 재단에서도 이게 안타까웠는지 앙상블 활동을 적극적으로 도와줬어요. 하지만 경제적인 것보다 선생님들이

함께 '으쌰으쌰' 하는 분위기가 더 좋았죠. 돈으로는 결코 만들
수 없는 기운이 또 아이들에게도 전달되고, 아이들도 즐겁고 흥
겹게 연주하고 생활할 수 있고⋯⋯."

즐거움은
우리들의 악보

흥이 넘치는 '꿈오' 원주 음악감독 김진수. 그는 색소폰을 전

공한 지휘자다. 한국의 음대에서는 1990년대에 들어서야 색소폰 전공자를 뽑기 시작했다. 김진수 감독은 "색소폰 연주자 출신 음악감독은 한국은 물론 세계적으로 전무후무하지 않을까요?" 한다. 고등학교 졸업 당시 음대에서 색소폰 전공자를 뽑지 않았기 때문에 그는 재즈 등 대중음악 활동을 했다. 군 제대하고 한참 뒤인 1994년, 최초로 색소폰 전공자를 뽑는다는 모집 요강을 확인하고, 늦은 나이에 대학에 들어갔다. 서른 무렵에야 제대로 클래식 색소폰을 배우게 된 것이다.

"대중음악과 클래식 음악 모두를 할 수 있다는 것이 저한테는 소중한 경험이고 장점인 것 같아요. 특히, 아이들과 함께하는, 그리고 지역에 뿌리내려야 하는 '꿈오'의 음악가로서는 엄청난 장점이라고 생각해요." "아이들과 함께" "지역에 뿌리내려야"라는 대목에서는 말에 힘이 들어갔고, 표정은 밝아졌다.

콘트라베이스 강사인 윤도경도 이력이 화려(?)하다. 고등학교 때는 튜바를 연주하다가 고3 때 음대 입시를 앞두고 선생님의 권유로 콘트라베이스로 악기를 바꿨다. 저음 악기라는 공통점이 있지만 관악기에서 현악기로 전공을 바꾼다는 게 말처럼 쉬운 것은 아니었다. 음대에 가서도 고생이 콘트라베이스만큼 이만저만하게 큰 것이 아니었다. 대학 졸업 후에는 강원도립 국악관현악단에 들어가게 되어 국악과 클래식을 넘나드는 연주를 하게 되었다. '베이스'에는 동서양이 따로 없음을 실감하면서……

홍과 끼는 타고나기도 하지만 무대 경험을 통해 몸에 배기도 하는 모양이다. 클래식과 대중음악을 아우르고, 연주와 춤을 뒤섞고, 국악과 서양음악을 넘나들며 '꿈오' 원주의 선생님들은 앙상블을 이룬다. 지역의 요구에 맞춰 '가요 메들리'도 마다하지 않는다. 그 홍과 끼가 전해져 아이들은 즐기면서 연주하는 것이다.

음악교육의 잔잔한 새 바람, '꿈오'

'꿈오' 원주는 2017년, 음악감독이 교체될 즈음에 강사들도 윤도경을 빼고 모두 바뀌었다. 모험이었지만 강사진을 대폭 교체한 큰 변화가 잘못된 선택이 아니었음을 이후 아이들의 분위기로 판단할 수 있었다. 보통, 아이들은 선생님이 바뀌면 '분리 불안'을 갖기 마련인데, 첫만남부터 데면데면하게 굴지도 않았고 새로 온 선생님들과 금세 친해졌다.

새로 구성된 감독과 강사진은 앙상블을 이룰 만큼 사이가 좋다. 홍과 끼, 아이들을 사랑하는 마음으로 한마음이 된 선생님들, 장르 불문하고 다양한 음악을 녹여내며 오늘도 즐겁게 '꿈오'의 앙상블을 이룬다. 이런 분위기는 아이들에게도 전해졌다. 그동안에는 합주 시간에도 지겨워하는 기색을 숨기지 않았는데, 이

음악은 흐른다

제는 표정도 밝아졌을 뿐만 아니라 심지어 쉬는 시간에도 연습을 할 정도로 열심이다.

"아이들과 어울리지 못하는 선생님은 '꿈오'에 맞지 않아요. 그런 분은 다른 음악 활동을 하셔야 해요. '꿈오'는 음악도 중요하지만 아이들을 억압하지 않는다는 것도 못지않게 중요합니다. 스스로는 열심히 가르친다고 생각하겠지만, 아이들이 음악을 억지로 해야 하는 것으로 느끼게 한다면, 그런 분은 '꿈오'에 맞지 않는 거예요. 합주를 할 때 즐겁게 할 수 있으려면 선생님들부터 즐거워야 해요. 사춘기에 접어든 아이들에게 말 안 듣는다고 큰 소리 내는 분은 이미 '꿈오' 강사로는 부적격이에요." 원주의 감독과 선생님들은 한목소리로 강조했다.

그렇다고 강사들이 처음부터 완벽하게 '꿈오'답거나, 엘 시스테마의 방식을 체득하고 아이들 앞에 섰던 건 아니었다. '꿈오' 원주에서 유일하게 처음부터 8년째 아이들을 가르쳐온 윤도경

강사는 '처음에는 이해 안 되는 것투성이'였다. 그러다가 엘 시스테마를 체험하기 위해 베네수엘라에 3주 동안 연수를 다녀오고서야 이해되지 않던 문제가 모두 풀리게 되었다.

"소위 도제식 교육 방식이 왜 문제인지, 왜 합주를 중심에 놓고 오케스트라의 소리를 만들어가야 하는지 알게 되었죠. 그 답은 아주 간단했어요. 도제식보다 합주로 하는 것이 하모니, 어울림, 앙상블이 필요한 오케스트라 음악에 합리적일 뿐만 아니라 효율적이기까지 한 거죠. 무엇보다 악기를 처음 배우는 아이들이 연주에 어려움이 닥쳐도 즐겁게 이겨낼 수 있기 때문이었어요. 함께 배우기 때문에, 모여서 소리를 내기 때문에 잘하는 사람을 은연중 좇아가게 되는 거죠.

도제식으로는 악기를 배우는 데 시간도 오래 걸리고, 성취감도 느끼기 어려워서 중간에 쉽게 포기하게 되거든요. 8년 전에는 이런 교육을 확인할 곳이 베네수엘라밖에는 없었는데, 지금은 '꿈오' 하면 당연히 이 방식이어야 한다고 생각하게 되었고, 또 그것을 활동으로 증명하는 '꿈오'도 있으니까 그만큼 한국의 엘시스테마는 성장한 거죠. 클래식 음악교육에, 태풍은 아니어도 잔잔한 새 바람은 일으켰다고 봐요, '꿈오'가."

음악은 흐른다 ~~~~~~~~

사람이 '꿈오'의
자산이자 성과

그럼에도 아쉬움이 없는 것은 아니다. 예산 문제나 지원 문제는 언제나 충족되지 않는 목마름 같은 것이니 "많으면 좋죠!" 하며 웃어넘길 수도 있다. 하지만 사람이 자주 바뀌는 것은 정말로 아쉬운 점이다. 그것은 '꿈오' 원주뿐 아니라 꿈오의 모든 거점기관이 느끼는 아쉬움이기도 하다.

"꿈의 오케스트라는 사람이 자산이자 성과인 것 같아요. 아이들이 '꿈오'에서 몸뿐만 아니라 마음과 정신까지 성장하잖아요. 함께한다는 것의 의미를 배우고, 소통하고, 배려하고……. '꿈오'가 아니었다면 아마 악기를 배울 기회가 없었을지도 모르죠. 악기를 배우면서 사람을 배우게 되는데, 그건 선생님들도 마찬가지예요. 아이들에게서 배우고 다른 선생님들한테서 배우고……. 코디네이터도 행정 담당자도 마찬가지죠. 그런데 '꿈오'에서 성장하고 변화한 사람들이 어느 날 홀연히 안 보이면 참 안타까워요. 행정 담당자도 바뀌지 않고 전문적으로 이 일을 했으면 좋겠어요. 선생님들도 마찬가지고요. 그래야 또 한 발 앞으로 나갈 수 있는 거 아니겠어요?"

'꿈오'는, 그 안에서 변화한 사람이 갖는 전문성이 무엇보다 중요하다고 강조하는 선생님들. "사람이 곧, 성과"라고 힘주어 말하는, 앙상블을 이룬 그 과정이 눈에 보일 듯 선명하다.

우리 동네 패트런

연천 YES오케스트라 백상균(수레울아트홀 관장),
임인숙(참한식품 대표), 문지은(연천온골라이온스클럽 회장)

백상균은 수레울아트홀 관장이자
연천군시설관리공단의 문화체육팀장으로,
2020년 7년 차에 접어든 '꿈오' 연천의 자립을 위해
지역사회를 설득하는 데 애쓰고 있다. 임인숙 대표와
문지은 회장은 연천 지역의 아이들이 음악 활동을
매개로 지역사회의 구성원으로 잘 성장할 수 있도록
후원하고 있다.

영화 〈아이언맨3〉 〈어벤저스〉 〈토르: 다크월드〉의 OST를 엮
은 〈마블 메들리〉와 영화 〈태극기 휘날리며〉의 OST 〈태극기 휘
날리며〉. 음악회를 열어젖힌 두 곡이 숨 가쁘게 지나가자 잠시
오케스트라의 아이들은 자세를 고쳐 앉는다. 다음 곡을 위해 씩
씩한 '국군 아저씨' 둘이 기타를 들고 들어온다. 빨간 제복에 어
깨에는 금술을 단 군악대 아저씨들. 오케스트라의 아이들은 웃음
으로 그들을 맞는다. 연주자는 타악기 옆에 자리를 잡고 노래를
부를 대여섯 명의 국군 아저씨들은 무대 의상 차림으로 무대 앞
쪽에 선다.

'꿈오' 연천의 음악감독, 장원진 지휘자가 들어온다. 지휘대 위에 올라 잠시 숨을 고른다. 오케스트라의 아이들도 군악대도 숨을 고른다. 지휘봉이 움직인다. 음악이 연주된다. 뮤지컬 〈영웅〉의 3곡, 〈장부가〉 〈누가 죄인인가〉 〈그날을 기약하며〉가 비장하게, 애절하게, 힘차게 연주된다. 노래는 아이들의 연주 사이사이로 터진다. 연주가 끝나고 객석을 메운 관객의 우레와 같은 박수. 이어지는 곡도 거침없이 흐른다. 깊은 겨울밤 연천의 추위도 녹이는 뜨거운 연주와 환호의 물결…….

꿈오의 사회적 가치?

연천 YES(Yoencheon Emotional Sureul) 오케스트라('꿈오' 연천)가 상주하는 수레울아트홀의 관장 백상균. 그는 '꿈오' 연천

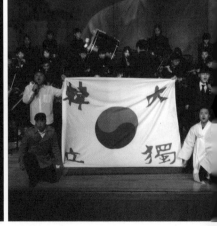

의 운영 단체인 연천군시설관
리공단의 문화체육팀장이다.
'꿈오' 연천은 7년 차가 되는
2020년부터는 자립 거점이 되
어 재정적으로도 독립해야 한
다. 사실, 백상균 관장은 몇 년
전 시설관리공단의 담당 팀장
이 되었을 때만 해도 '꿈오' 연
천을 유지하는 것에 다소 부정
적이었다.

"연천군시설관리공단에서 꿈의 오케스트라를 시작한 것은
2014년입니다. 저는 다른 곳에서 몇 년을 근무했고, 이곳으로 돌
아와서 수레울아트홀 담당 팀장이 된 것은 2016년이고요.

그때만 해도 참, 걱정이 많았죠. 수레울아트홀은 대관을 하
더라도 지역 특성상 수익을 낼 수 있는 구조는 아니었기 때문입
니다. 경영수지만 생각하다 보니, 문화예술의 사회적 가치 같은
것은 생각지도 못했죠. 제가 음악이나 예술에는 문외한이었고요.

'꿈오'는 특히 드러나는 성과에 비해 예산을 많이 잡아먹는
사업으로 판단한 거죠. 대관 등으로 발생하는 수레울아트홀의 수
입이 연간 1억 5000만 원 정도인데 그 절반이 넘는 비용이 '꿈오'
에 들어가기 때문에 이 사업을 지속하는 데 부정적일 수밖에 없

었습니다."

백 관장이 경영 수지를 꼼꼼하게 따질 수밖에 없는 배경에는 그의 이력이 자리한다. 젊었을 때 근무했던 직장에서는 회계 일을 담당했다. 그 뒤로는 9년간 연천군시설공단에서만 일해왔기에 실상 그는 수레울아트홀 관장을 맡게 되었을 때만 해도 그 안에 담기는 소프트웨어에는 크게 관심을 두지 않았다.

그는 때가 되면 '꿈오'를 접자는 의견을 내려고 내심 생각하고 있었다. '꿈오'에 대해서는 오로지 재정적 효율성만으로 판단했을 뿐 이들이 어떤 곡을 연주하는지 어떤 활동을 하는지, 참여하는 선생님과 아이들이 만족하는지, 주민들에게는 어떤 영향을 주는지 등에는 별 관심이 없었다. 그는 수레울아트홀뿐만 아니라 연천군 내의 다른 체육 시설 관리도 책임지고 있었기 때문에 실상 그럴 만한 여력을 갖기도 힘들었다.

경영 수지로만
따질 수 없는 큰 감동

그러던 중에 여유를 갖고 아이들 공연을 보게 된 적이 있었다. 그전까지는 바쁘다는 핑계로, 초대 손님들 의전 챙기느라 음악을 제대로 들을 기회가 없었다. 그날따라 무대에 가까운 객석

음악은 흐른다 ~~~~~~~~

이기도 했지만 마치 카메라로 당겨서 보는 것처럼 아이들의 모습이 유난히 가깝게 보였다. 표정 하나하나가 눈에 들어올 정도로…….

"그때까지 저는 클래식 음악에 관심이 없었습니다. 아니, 어렵다고 생각했죠. 뭔지도 몰랐지만 사실 알고 싶은 마음도 없었고요. 제가 7080 가요는 곧잘 부르고 좋아하는데, 클래식은 그랬습니다. 그런데 그때 아이들이 그 작은 손으로 현을 누르고 활을 움직이고 작은 볼이 터질 듯이 악기를 불고, 집중하는 모습을 보는데 갑자기 몸속 깊은 곳에서 감동이 울려오는 게 아니겠어요? 왜 그랬는지는 모릅니다. 아이들이 연주하는 걸 처음 본 것도 아닌데……. 아무튼 그렇게 한 곡 한 곡 연주하는 걸 다 듣고 나서, '꿈오'가 이런 감동을 주는구나, 하고 새삼 느꼈습니다. 아마 저의 어린 시절이 떠올라서 그랬는지도 모르겠습니다."

아마, 가난했던 어린 시절의 한 페이지가 아이들이 연주하는 모습과 문득, 겹쳐졌는지도 모른다. '꿈오'가 아니었으면 악기를 배울 기회를 접하지 못했을 아이들이 무대에 올라 밝은 표정으로 즐겁게, 때론 진지하게 긴장하며 하모니를 이루는 모습. 그는 바삐 살아오면서 잊었던, 잃었던 쉼의 한 구석, 꿈의 한 자락을 거기에서 발견했는지도 모른다.

"곧 온갖 생각이 밀려왔습니다. 제가 어렸을 때, 그때는 다 그랬지만 가난했잖아요. 저도 놀고 싶었고 악기도 하고 기타도 치고 싶었을 겁니다. 라디오를 붙들고 음악 방송을 들었으니까요. 가정환경에 관계없이 악기를 할 수 있는 프로그램이 있으니 다행이다 싶었어요. 그동안 우리 세대가 뼈 빠지게 일한 것도 다 아이들이 잘살았으면 하는 바람으로 그런 것인데, 이 아이들이 환경에 상관없이 밝게 자랄 수 있게 됐잖아요. 그런 모습이 잃어버린 제 모습 같아 감동했던 것 같습니다."

그때 이후 백 관장은 태도가 바뀌었다. '꿈오'의 활동을 살피게 되었고, 이들이 연천군에 꼭 필요한 단체임을 확신했다. 돈으로 환산할 수 없는 가치가 거기에 있었던 것이다. 매년 'DMZ 국제음악제'에 초대되어 평화의 하모니를 퍼뜨리는 것은 물론, 접경지대라는 지역 특성에 맞게 지역 주둔 부대의 군악대와 합동 공연도 수차례 이어오고 있다. 어른들도 하기 힘든 활동을 '이 아이들'이 하는구나 생각하니 뿌듯했다. 이 모든 것은 음악감독과 교육강사의 헌신에서 비롯한 것임을 그는 알게 되었다. 그동안 경영 수지만 생각하고 '꿈오'를 삐딱한 시선으로 바라봤던 것이 미안하고 못내 부끄러웠다. 무엇보다 큰 가치는 연천의 미래를 아이들에게서 발견했다는 것이다. 그는 이 아이들이 자라면 연천

음악은 흐른다 ~~~~~~

은 문화적으로도 풍부한 고장이 될 것임을 확신했다.

후원했던 것보다
더 큰 것을 돌려받은 마음

　부정적인 기운이 한순간 긍정적으로 바뀌었다. 군청의 예산 관련 공무원들도 '꿈오'의 활동을 접하고 그 필요성에 공감하게 되었다. 온전한 자립에 들어가는 2020년, 예산 지원 담당자로서는 물론 지역민으로서도 그들은 적극적인 관심을 나타냈다. 백관장은 관련 공무원을 만날 때마다 '꿈오'의 전도사가 되어 설명하고 설득했다. 그런 점도 꿈오의 자립에 조금 기여하지 않았나 하고 스스로 뿌듯했다. 무엇보다 2015년부터 지역 기업 '참한식품'과 '연천온골라이온스클럽' '연천군청공무원직장협의회'가 관심을 갖고 '꿈오'를 후원해온 점은 큰 힘이 아닐 수 없었다.
　"우리 회사는 그동안 지역 청소년들에게 장학금을 주는 등적지만 이런저런 후원을 해왔어요. 그게 지역 언론에서 기사화될 때 조금 불편했어요. 기업 홍보를 바라고 한 것도 아니고 그렇다고 크게 도움을 준 것도 아닌데 쑥스럽더라고요. 그럼에도 인터뷰를 하게 된 이유는 더 많은 단체나 회사, 사람들이 '꿈오'뿐만 아니라 후원이 필요한 곳에 관심을 갖길 바라기 때문이에요. 우

리가 다 도울 수 없으니까, 같이하자는 마음에서죠.

　　소외 계층의 아이들을 후원하는 것도 보람되지만, 음악을 할 수 있도록 지원하는 프로그램이어서 선뜻 후원하게 되었어요. 저 역시 클래식 음악을 좋아하고 우리 집 아이도 플루트를 배웠거든요."

　　후원뿐만 아니라 꿈오에 깊은 관심을 갖고 공연 때는 가능하면 보러 온다는 참한식품 임인숙 대표. '소외 계층 아이들'과 '클래식 음악'을 말할 때는 힘이 들어갔다. 그는 연천에 클래식 음악을 연주하는 오케스트라가 생겨서 정말 기뻤다. 이 아이들의 활동이 뿌리를 내리고 씨앗이 되어 더 많은 연주 단체나 모임이 생겼으면 하는 마음에서였다. 연천온골라이온스클럽의 문지은 회장 역시 같은 마음이다.

"후원을 결정하는 회의 때, 생계나 학업을 돕는 것이 아니라 악기 배우는 걸 돕는다고 해서 이견이 조금 있기는 했어요. 하지만 어려운 환경의 아이들이 오케스트라를 이루기 위해 악기를 배운다는 점이 저한테는 크게 다가왔던 것 같아요.

훌륭한 연주자가 되는 것도 좋지만 음악을 함으로써 사회의 어두운 곳에 빠지지 않고 밝게 자라주면 그것만으로도 충분하다고 생각했어요. 그래서 필요한 악기를 일부 지원하기로 했던 거죠. 아이들이 연주하는 모습을 보면 우리가 후원했던 것보다 더 큰 것을 돌려받은 듯해서 정말 기쁘고 보람차요."

공연 시간이 임박해지자 두 후원자는 이야기를 마무리 짓지도 못하고 자리에서 일어났다. 연천의 자랑, 'YES 오케스트라'가 오늘은 또 어떤 곡으로, 어떤 모습으로 감동을 줄지 그들은 기대에 찬 발걸음을 이미 공연장 쪽으로 바삐 옮기고 있었다.

후원과 성장의
심포니

'꿈오' 연천은 2020년 자립 첫해를 맞아 지역의 이곳저곳을 찾아가는 음악회를 기획하고 있다. 또한 지역의 군악대와 해오던

DMZ 합동연주회, DMZ 국제음악제의 초대에도 달려가 평화와 지역의 예술문화 저변 확대에도 힘쓸 계획이다.

'꿈오' 연천은 어느새 연천을 대표하는 공연 단체로 우뚝 섰다. 예원학교에 진학한 단원도 열심히 음악적 기량을 쌓고 있고, 무엇보다 음악감독과 교육강사, 코디네이터, 행정 담당 등 모든 선생님과 단원이 행복의 하모니를 이루고 있다. '임금의 수레가 빠진 여울'이라는 뜻의 '수레울', 이제는 음악에 푹 빠진 아이들과 선생님들이 자리 잡은 '수레울아트홀'. 이곳에서부터 '연천의 감성'이 하모니를 이뤄 퍼져 나가고 있다.

백상균 관장도 늦었지만 악기를 배워보고 싶은 마음이 생겼다. 아내가 평소에 기타를 배워보라고 권했지만 마음만 있었지 선뜻 나서지 못했던 것을, 꿈오 자립 첫해를 기념해 시작해보려는 것이다. 기타가 아닌, 아이들이 연주하는 목관악기 중에 하나를 해보면 어떨까, 생각 중이다. '꿈오'의 연주를 듣고 좋아하게 된 〈미스 사이공〉을 연주할 날을 기대하며…….

음악은 흐른다 ~~~~~~~~

음악의 눈높이,
마음의 하모니

꿈의 오케스트라 '고창' 고현준(코디네이터)

호른 전공의 코디네이터. '꿈오' 전주에서 코디네이터와
교육강사로 일한 경험과 베네수엘라 연수를 다녀온
경험을 바탕으로 '꿈오' 고창에서 활동중이다.

〈모양성의 아침〉이 밝아온다. 아이들은 조심조심 연주한다.
지휘자와 눈빛을 맞추며 지휘봉을 따라 활을 움직인다. 관악기에
숨을 불어넣듯 조심조심. 아이들은 이제 비행기를 타고 날아간
다. 저 먼, 중동 〈페르시아의 시장에서〉 때론 활기차게 때론 천천
히 신기한 물건들을 둘러본다. 〈신세계 교향곡〉의 작곡가 드보르
자크의 고향을 찾아, 체코 프라하로 날아간다. 이윽고 다다른 곳,
〈핀란디아〉. 북유럽의 겨울 숲은 창창하고 장엄하다.

추위에 움츠렸던 몸과 마음을 활짝 펴고, 검은 대륙으로 날
아가 〈아프리카 심포니〉를 울려볼까? 신나게 두드린 뒤 다시 지

중해를 건너 스페인으로, 〈투우사의 노래〉는 경쾌하다. 붉은 천
이 펄럭이고 사람들은 환호한다. 환호를 타고 동유럽으로 다시
날아간다. 〈헝가리무곡 5번〉. 한번 춘 춤은 멈출 수가 없다. 오스
트리아 빈으로 향한다. 어떠한 악천후에도 춤은 계속된다. 〈천둥
과 번개 폴카〉. 긴 잠을 자고 깨어난 아침, 동해 바다, 외로운 섬,
거센 바람이 불어도 든든한 '홀로섬'. 〈홀로아리랑〉은 거친 파도
도 잠재운다. 객석에 불이 켜지고, 음표를 타고 떠났던 곳, 음악
여행을 마치고 도착한 고창의 겨울밤은 깊어간다.

'꿈오'의 새로운 활동 무대,
고창으로

　　꿈의 오케스트라 고창('꿈오' 고창)의 코디네이터 고현준. 그는 음대에서 호른을 전공하고 졸업 후 2011년, 첫 직장으로 '꿈오' 전주에 들어간다. 코디네이터로서 '꿈오'와 맺은 인연이 지금까지 계속될 줄 그때는 알지 못했다. 지금 생각해도 운명이나 인연이라고밖에 설명할 수 없다. 그는 젊다. 그러나 '꿈오'에서는 누구보다 경험이 풍부한 재인이다. 코디네이터와 교육강사 경험도 있을 뿐만 아니라 수석강사로 베네수엘라 연수도 다녀왔다. 지금은 '꿈오' 고창의 코디네이터로 거점기관이 바뀌기는 했지만 한국형 엘 시스테마인 '꿈오'의 역사와 함께해오고 있다. 그런데 그는 왜 고창으로 활동 무대를 옮겼을까?

　　"말하자면 참 길지만, 간단히 말하면 '꿈오' 전주가 지속되지 못했기 때문이에요. 그렇다고 '꿈오' 자체에 문제가 있었던 것은 아니었어요. 오히려 음악감독과 교육강사 모두 열의를 가지고 '꿈오'를 만들어갔고, 저도 그 속에서 함께했죠. 단원인 아이들도 정말 즐겁게 참여했고요. 학부모도 관심이 컸는데, 그게 오히려 단점이 될 정도였죠. 30퍼센트 남짓한 소위 일반 가정의 학부모는 교육열이 장난이 아니었어요. 코디네이터인 저한테 밤늦게 전화하기 일쑤였고. 뭐, 아무튼 사회 경험도 부족하고 첫 직장이었기 때문에 더 힘들었는지도 모르죠. 그런데 지역협력 거점 단계로 넘어가면서 예산 확보가 쉽지 않았어요. 전주는 워낙 예술단체가 많은 도시이다 보니, 예산을 나눠 써야 하는 처지였거든요. 결국 강사 인건비가 줄어들었고, 심지어 강사들에게 재능 기부를 바라는 분위기였습니다."

실패의 경험도 때론
힘이 된다

'꿈오' 전주는 3년 차까지 매우 활발하게 활동했다고 그는 평가했다. 모범 사례로 회자되었고, 마스터클래스도 전주에서 진행되는 등 엘 시스테마의 방향에 따른 활동이 어느 거점보다 활발했다는 것이다. 그때의 경험이 그를 성장시켰다는 점은 부인하지 않았다. 그는 코디네이터뿐만 아니라, 6년 차에는 호른 교육 강사로도 활동했고, 2013년에는 수석강사에 지원, 선발되어 베네수엘라 연수도 다녀왔다. 이때의 경험이 '꿈오'를 향한 애정이 깊어진 계기가 되었다. 자신의 삶에서도, 음악 인생에서도 큰 변화가 일어난 '사건'이라는 것이다.

"수석강사로 베네수엘라를 다녀오기 전까지는 사실, 엘 시스테마를 잘 몰랐죠. 하루하루 코디네이터로 일하기도 힘들었거든요. 그런데 다행히 수석강사
에 뽑혀 베네수엘라에 가보니
'아, 이게 엘 시스테마구나, 정
말 좋은 거구나' 했죠.

　돌아보면 그때 저에게 많
은 변화가 있었던 것 같아요. 아
이들과 만나는 마음도 달라지고
음악이 내게, 사람들에게, 사회에 어떤 영향을 주는지도 생각해
보게 되었죠. 마침 수석강사가 된 시기가 결혼하고 아이가 태어
났을 때와 맞물렸거든요.

　'꿈오'의 아이들도 누군가에게는 얼마나 소중한 아이일까,
이런 생각도 하게 되었고요. 보고서 쓰기는 힘들었지만, 베네수
엘라 연수에서 저는 엘 시스테마 코리아, '꿈오'를 제대로 보게
된 거죠."

　2016년 '꿈오' 전주는 감독, 강사, 코디네이터, 행정 담당자
모두가 노력했지만 결국 해소되었다. 그런 그에게 2017년 출범
하는 '꿈오' 고창에서 연락이 왔다. 호른 교육강사로 고창에 오면
서 '꿈오'와 다시 인연을 이어갔다. 그런데 당시 내부 사정상 공
교롭게도 코디네이터가 필요해지면서, 그는 이 자리를 맡게 되었
다. 새 직책을 담당하며 그는 '첫 마음'으로 되돌아갔다.

　고현준 코디네이터는 자신이 '꿈오' 전주에서 얻은 경험이

'꿈오' 고창에서는 좋은 약으로 쓰이기를 바란다. 코디네이터로서 '꿈오' 고창의 아이들이 오케스트라를 통해 밝아지고, 긍정적인 에너지를 지역에 퍼트릴 수 있도록 감독과 강사, 단원을 잘 돕고 살펴서 멋진 오케스트라를 만드는 데 힘을 보탤 수 있기를 바란다. 그래서 선뜻 다시 코디네이터를 담당하기로 마음먹었던 것이다.

까치발을 들고 맞추는 눈높이

"아이들을 보면 저도 모르게 웃음이 나와요. 그래서 말이라도 한 번 더 걸게 되고, 손에 먹을 것이라도 있으면 쥐여주고 싶어져요. 감독님도 어찌나 아이들을 좋아하는지 몰라요. 그런데

아닌 척해요. 시크한데 챙겨주는 스타일. 아이들은 알죠. 그래서 감독님을 되게 편하게 생각해요. 감독님이 아이들을 대하는 방식을 선생님들도 닮아가는 것 같고요. 저는 아이들이 좀 엉겨 붙는 편이죠. 다 스타일이 같지는 않지만 아이들이 편하게 생각하니까 연습 때도 즐겁게 하게 되죠."

그렇다고 음악감독과 교육강사가 아이들에게 '오냐 오냐'만 하는 것은 아니다. 아이들이 '꿈오'에 오고 싶어하고, 연습 시간이 끝나면 아쉬워하는 것은 교육 방식에 구체적인 기준이 있기 때문이다. 아이들이 교사들을 어려워하지 않도록 다정하게 대하는 것도 중요하지만 무엇보다 교사가 아이들의 눈높이를 맞추는 것이 중요하다. 그렇다고 무조건 쉬운 곡만 가르치는 것도 아니다. 성취감을 느낄 수 있을 정도의 난이도, 그런데 그것이 어디 말처럼 쉬울까?

"저도 마찬가지지만 한국에서 음악을 배운 사람들은 도제식, 일대일로 배우잖아요. 학교 관악부에서 음악을 했다면 거의 대다수가 억압적인 환경에 놓였다고 할 수 있어요. 분명 그런 일을 당할 때는 이가 갈리도록 싫어하지만 막상 누군가를 가르쳐야 할 위치에 서면 자신이 배운 대로 가르치잖아요. 다른 방식으로 가르치고 싶어도 몸이 잘 따라가지 않거든요. '꿈오'에서도 그런 감독님, 선생님이 간혹 있어요. 대부분 안 그렇지만.

합주 방식으로 연습하거나 사랑으로 가르치는 건 기본인데,

아이들 눈높이에 맞는 곡 선정이나 교습은 힘들어하시는 것 같아
요. 클래식을 하려면, 오케스트라를 하려면 이 정도 곡은 해야 한
다는 기준이 있거든요. 그런데 기준은 아이들의 눈높이에 맞춰져
야 할 것 같아요. 곡 선정도 그렇고, 편곡하는 것도 그렇고…….
우리 고창 감독님은 정말 그걸 잘해요. 아이들이 성취감을 느낄
수 있는 수준의 곡을 선정하고 어려운 곡을 편곡하는 데에도 주
저함이 없어요."

그런데 그 모든 방법과 기술이 '함께' '모두' '다 같이'를 빼면
소용이 없다고 강조한다. 무엇보다 아이들을 사랑하는 마음, 걱
정하는 마음이 바탕인데 그것은 악기 교수법과 기술을 통해 전달

된다는 것이다. 곡의 난이도도 단순히 아이들의 눈높이에 두기보다 아이들이 성취감을 느낄 수 있는, 비유하자면 까치발을 할 수 있는 정도를 찾는 것이 중요하다고 강조한다.

"마음대로 해도 괜찮아"

'꿈오' 고창은 특색 있는 셔틀을 돌린다. 고창군의 택시와 협약을 맺어 아이들을 집에서 데려오고 집까지 데려다주는 방식이다. 초기에는 성내면의 하늘땅지역아동센터 아이들을 그곳 센터장이 직접 승합차로 데려오고 데려갔다. 하지만 2018년부터는 고창읍내 이외의 아이들은 대부분 택시를 이용한다. 이 방식은 시간 절약이라는 측면에서 효율적일 뿐만 아니라 지역과 '꿈오'를 연결하는 방식이다. '꿈오'를 홍보하고 후원과 지지를 받는 데도 큰 역할을 한다. 무엇보다 공연 때 아이들의 연주를 보러 오는 고정 '팬'이 생겼다는 점이 소중하다.

3년 차 '꿈오' 고창에서 내공이 느껴지는 것은 경험 많은 코디네이터 덕분이다. 처음부터 '꿈오'와 함께한 사람들은 많지만, 고현준 코디네이터처럼 역할을 바꿔가며 함께한 사람은 드물 것이다. 더욱이 그는 아직 젊고, '꿈오'가 첫 일터이자 유일한 일터이다. '꿈오'에서 그의 다음 역할은 무엇일까? 아이들을 꿈꾸게

해온 그는 무슨 꿈을 꿀까?

"좀 더 경험을 쌓고, 나이가 들면 음악감독도 해보고 싶어요. 여러 감독님을 봐왔기 때문에 그게 얼마나 힘든 일인지 잘 알죠. 그럼에도 감독이 된다면 저는 따뜻한 감독이 되고 싶어요. 동네 형같이 편한 사람, 내가 먼저 예의를 지켜서 아이들도 예의를 갖춘 사람이 되도록 하는……. 그리고 가능한 한 자유로운 환경을 만들어주고 싶어요. 마음대로 해도 괜찮은 분위기, 그 안에서 아이들이 배려도 배우고, 하모니도 이루고. 정말 힘든 아이는 시간을 내서라도 따로 만나서 소통하고 싶어요. 아이들이 중간에 관둘 때, 특히 음악이 안 맞는 것도 아닌데 이런저런 환경 때문에 포기할 때 정말 안타까워요. 그런 아이들과 함께 쭉 같이 갈 방안도 마련해야죠, 꼭."

모두의 '꿈통',
행복한 마을

꿈의 오케스트라 '통영' 이미희, 정윤정(학부모),

김나래(경북예고, 첼로 전공), 김하림(충남예고, 첼로 전공)

김나래와 김하림은 초등학생 시절부터 '꿈오' 통영에서
첼로를 시작해 모두 예고에 진학했다. 학부모 이미희,
정윤정은 음악교육 인프라가 부족한 지방에서
아이들이 '꿈오' 이후에도 지속적인 음악교육을 받을
수 있는 환경을 만드는 데 도움을 주고 있다.

악기는 모양도 소리도 제각각이다. 같은 현악기라도 크기가
다르고 모양 역시 똑같지 않다. 현을 긁거나 튕겨서 소리를 내든,
입으로 불어서 소리를 내든, 아니면 쳐서 소리를 내든 대부분의
악기는 울림통이 있다. 울림통은 작은 소리를 크게 하고, 짧은 소
리를 길게 늘인다. 좋은 악기는 울림통이 좋은 악기라 해도 지나
친 말이 아니다. 사람도 울림통이 좋은 사람이 있다. 비단, 목소
리가 아니더라도 비유적으로 울림통이 좋다는 것은 그 사람이 다
른 사람에게 울림을 준다는 말이다.

　'꿈통'은 '꿈의 오케스트라 통영'의 준말이다. 보통 '꿈의 오

케스트라'를 줄여 '꿈오케' '꿈오'라고 하는데, '꿈통'은 여기에서 한 번 더 줄인 말이다. '꿈통' 사람들은 이 말을 애칭처럼 쓴다. '꿈통' 'Dream Box'. 꿈을 담은, 꿈을 간직한 통이라는 뜻으로도 읽힌다. '꿈통'은 아이들의 꿈을 담고 있다. 악기의 울림통처럼, 아이들의 꿈을 울리고 증폭한다. 음악의 즐거움을 퍼트린다. 꿈의 울림은 길고 깊다. '꿈통' 안에서는 모두 꿈을 꾼다. 꿈을 연주한다. 끝없이 울리는 아름다운 꿈, 꿈은 점점 커진다.

첼로 하기
좋은 마음

'꿈통'의 단원으로 활동하다 경북예고에서 첼로를 전공하고 있는 김나래의 어머니 이미희 씨. 그는 '꿈통'에서 오케스트라 단원을 모집한다고 했을 때, 의아했고 또 궁금했다. 악기를 다루지 못해도 지원할 수 있었기 때문이다. 오히려, 악기를 잡아본 적이 없는 아이들이면 더 좋다고도 했다. 또, 저소득층 아이들을 우선해서 뽑는다고 했다. 왜 그럴까, 이유는 딱히 알 수 없었지만 우리 아이에게 좋은 일이라는 생각이 들었다. 당시 초등학교 5학년이던 나래를 '꿈통'에 보내기로 했다. 나래가 잠깐 하다가 말거나, '꿈통'이 없어지더라도 다니는 동안 즐거운 추억을 만들기를 바랐다. 예고에서 첼로를 전공하게 될 줄은 꿈에도 몰랐다. 김나래 학생도 첼로를 시작하던 때를 회상한다.

"꿈통에 나오기 전에 학교에서 방과 후 활동으로 피아노와 바이올린을 배운 적은 있어요. 재미있지 않았어요. 그래서 그런지 제대로 배우지도 못했던 것 같아요. 꿈통도 그럴 거라고 생각하고 가봤는데, 그냥 재미있었어요. 그래서 꿈통 가는 날만 기다리게 되었어요.

많은 친구들도 만나고 또 선생님께서 칭찬을 많이 해주셔서 그랬나 봐요. '첼로 하기 딱 좋은 손이네' '와, 언제 연습했어?' 하

시면서요. 지금 생각하면 재미없어할까 봐 막 칭찬하신 것 같지만, 그래도 그때는 얼마나 큰 힘이 되었는지 몰라요. 나도 잘하는 게 있다! 하는 마음이었죠. 그 힘으로 첼로를 열심히 했고, 예고도 가게 된 것 같아요. 사실, 저는 바이올린을 해봤으니까 그걸 하려고 했는데, 엄마가 소리가 더 좋다며 첼로를 권해줬어요. 지금은 저도 첼로가 좋아요. 다른 악기는 연주를 잘해야지, 하는 마음이었는데, 첼로는 소리가 참 좋다, 느낌이 참 좋다 싶었어요. 아무래도 저랑 잘 맞는 거 같아요. 첼로 소리를 들으면 마음이 편해져서 그런가 봐요."

엄마는 딸에게,
딸은 엄마에게

'꿈통'에서 1년이 지나고 6학년이 되자 나래는 첼로를 계속하고 싶어졌다. 재미있고, 마음을 울리는 첼로가 좋았다. 선생님도 지나가는 말처럼, "첼로가 좋으면 계속해도 될 것 같은데" 하셨다. 어머니에게 어렵게 생각을 말했더니, 하고 싶으면 해보라고 하셨다.

"나래가 전공을 하겠다고 했을 때, 왜 그랬는지 모르겠지만 한번 해보라고 선선히 말했어요. 돈이 많이 드는 것은 알았지만

음악은 흐른다 ~~~~~~~~~~

그건 어떻게 되겠지, 했어요. 나래가 정말 하고 싶은 게 있어서 기뻤죠. 그런데도 요즈음은 넉넉하게 뒷받침해주지 못해 마음이 아파요. 나래에게는, 네가 선택한 거니까 힘들어도 잘 헤쳐 나가라고는 하죠. 그래도 마음이 아파요. 마음만으로 되는 게 아니니까요. 나래가 첼로를 전공한 뒤 더 열심히 하니까 대견하기도 하고요. 가끔 지원을 제대로 할 수 있을까 싶고, 여기서 멈춰야 하나, 하는 생각도 들지만, 나래가 할 수 있는 데까지 하는 것만으로도 좋은 일이다 생각하고, 또 그렇게 얘기를 하죠. 그래서 저소득층 교육비 후원 프로그램을 여기저기 찾아서 지원해요. 뭐라도 도움이 될까 해서요."

나래가 전공하기로 하자 꿈오 선생님 한 분은 따로 시간을 내서 개인 레슨도 해주셨고, 콩쿠르 곡도 지도해주셨다. 또, 당시 코디네이터 선생님이 저소득층 아이들을 위한 프로그램인 '한예종' 영재아카데미에 지원하도록 도와줬다. 당시 중학교 2학년이었던 나래는 주말마다 혼자서 서울에 올라갔다. 버스로 왕복 아홉 시간 넘게 걸리는 거리였다. 레슨 한 달 만에 몸살을 앓았지만 곧 익숙해졌다. 늦게 시작한 만큼 더 열심히 해야겠다는 생각, 서울에서 배울 것이 참 많다는 생각, 누가 강요한 것도 아니고 내가 좋아서 한 것인 만큼 여기서 포기하면 안 된다는 생각이 나래를 밀고 갔다.

"바흐를 좋아해요. 연주하기는 너무 힘든데, 좋으니까 힘들겠지, 생각해요. 바흐의 곡은 정말 첼로와 잘 어울리는 것 같아요. 〈무반주 첼로 모음곡〉 3번의 프렐류드는 '홀로 걸어가고 있는 외로운 남자의 뒷모습' 같다는 느낌이 들어요. 드보르자크의 〈첼로협주곡〉도 꼭 도전해볼 거예요."

　나래의 꿈이 마음껏 날갯짓할 수 있기를, 나래도 어머니도 그리고 '꿈틀'도 바라고 응원한다. 나래는 또 꿈꾼다. 선생님이 자신에게 그랬듯 '꿈틀'의 아이들에게 따뜻한 첼로 선생님이 되고 싶다고. 딸의 기운 덕분일까. 어머니 이미희 씨도 대학 졸업 후 포기했던 사진을 다시 시작해 작은 전시회를 열 수 있기를 꿈

꾼다. 엄마는 딸에게, 딸은 엄마에게, 꿈을 주고 꿈을 받는다.

'꿈통'의 든든한 후원자

나래와 함께 '꿈통'에서 첼로를 시작한 김하림. 그는 지금 충남예고에서 첼로를 전공하고 있다. 2019년 '꿈통' 정기 연주회, 이제는 어엿한 전공자로서 후배들의 오케스트라 소리와 하모니를 이루며 다비드 포퍼의 〈첼로협주곡 E단조〉 1악장을 협연했다. 하림이의 두 살 터울 동생인 하원이도 '꿈통'에서 바이올린 파트의 단원으로 활동하고 있다. 또래의 연주자들이 내는 소리에 비해 남다른 소리를 낸다고 '꿈오' 선생님들은 칭찬을 아끼지 않는다. 두 딸을 '꿈오'에 보내는 어머니 정윤정 씨. 그는 둘의 든든한 후원자이자 '꿈통'을 알리는 데도 누구보다 먼저 나서는 통영 시민이다.

"제가 어렸을 때, 피아노를 배우고 싶어했다고 해요. 저도 어렴풋이 생각나는데 많이 졸랐지만 집안 형편상, 정말 '택'도 없는 소리였죠. 그런데 하림이와 하원이는 정말 좋은 세상 만난 거예요. 없는 형편에 어떻게 하나도 아니고 둘 다 악기를 시킬 수 있겠어요. 내가 어렸을 때 이런 프로그램이 있었으면 얼마나 좋았을까, 해요. 그만큼 또 고맙기도 하고요.

아이들이 연주하는 걸 보면서 '나도 했으면 잘했을 텐데' 하는 마음이 들어요. 하림이는 사람을 좋아해서 친구도 잘 사귀고 매우 활달한 성격이지만 하원이는 정말 조용해요. 둘이 자매인 걸, 선생님들도 한동안 몰랐다고 하니까요. 하원이는 피아노 학원 다니는 거 싫다고 했거든요. 그런데 '꿈통'은 정말 좋아해요. 여기서 만난 친구들, 선생님들 모두 좋다면서요. 둘 다 열심히 하고 재미있어 해서 신기해요."

연습만 한
재능은 없다

하림이는 꿈오에 오기 전에도 악기를 배운 적이 있었지만 악기보다는 친구들이랑 노는 게 재미있었다. 오죽하면 그때 선생님이 하림이는 친구들과 노느라고 집중을 안 하니 따로 레슨을 받게 하라고 할 정도였다. '꿈오'도 마찬가지였다. '꿈통'에는 선생님도 친구도 많아서 더 좋았다. 그런데 친구 좋아하는 하림이를 어떤 선생님도 뭐라 하지 않았다. 오히려 하림이가 악기에 흥미를 잃을까 봐 과자도 사주면서 옆에 끼고 가르쳤다. 그런 선생님이 좋아서, 친구들과 어울리는 게 신나서 하림이는 첼로도 좋아하게 되었다. 재능은 타고나는 것이 아니라 연습에 연습을 거듭

해 길러진다는 것을 하림이는 증명해냈다. 그리고 지금은, 충남 예고에서 첼로를 전공하게 되었다.

"첼로를 전공하고 싶다고 생각한 것은 중1 때, 그러니까 '꿈통' 정기 연주회를 마친 다음인 것 같아요. 그전까지는 첼로가 재미있었지만 예고를 가겠다는 생각을 하지는 못했거든요. '꿈통' 3년 차 정기 연주회 때, 나래와 함께 듀엣으로 협연을 했거든요. 연습할 때는 너무 힘들었는데, 공연을 마치고 나니까 자신감도 생겼고, '이게 무슨 느낌이지?' 하는 벅찬 감정이 올라왔어요. 이런 무대 또 서고 싶다는 마음이 들었고요. 그래서 전공을 하고 싶다고 선생님과 엄마에게 얘기했죠. 그러고는 부모님께 부담 주지 않으려고 사립보다 공립 예고를 찾아본 거예요. 통영에서 가장 가까운 곳을 찾았는데, 그게 충남예고였어요."

　그렇다고 하림이가 예고에 쉽게 입학할 수 있었던 것은 아니다. 주위에서 잘한다는 평가는 열심히 한 노력에 대한 칭찬일 따름이었다. 전공은 또 다른 길, 중3 때 참가한 콩쿠르에서 하림이는 날개 없이 추락하는 기분을 맛봐야 했다. 하지만 하림이는 자신의 재능은 어떤 어려움 앞에서도 긍정적인 마음을 잃지 않는 것임을 보여주었다. 옷에 묻은 먼지 털듯 좌절을 털고 일어나 '두 시간 레슨, 열 시간 연습'을 한 달가량 반복했다. 그리고 실기시험에서 가능성이라는 점수를 디딤돌로 합격선을 넘을 수 있었다. 힘든 학교생활도 고비를 몇 번을 넘겼고 승부 근성도 '장착'되면서, 하림이는 그렇게 첼리스트가 되어가고 있다.

　"저는 가끔 '꿈통'이 없었으면 하림이는 무슨 꿈을 꿀 수 있

을까 하는 생각을 해요. 언젠가 음악치료사가 되고 싶다고 했는데, '꿈통'이 없었다면 그 꿈은 자라지 않았을 거잖아요. 그리고 '꿈통'의 아이들이 모두 전공을 하지 않겠지만, 그중에서 전공을 하고 싶어도 기회를 갖지 못하는 아이들이 있다면 돕고 싶어요. 마침 제가 '지역사회투자 서비스'라는, 보건복지부에서 진행하는 복지 사업의 일원으로 근무하고 있는데요, 거기에 악기 레슨을 받을 수 있게 후원해주는 프로그램도 있어요. 하림이와 나래는 어렵게 레슨을 받았지만 지금 '꿈통'에서 시작하는 아이들에게는 조금이라도 좋은 환경을 만들어줄 수 있도록 돕고 싶어요. 그래서 '꿈통' 아이들 중에 조건이 되는 아이들을 추천해달라고 코디 선생님께 부탁해서 그 사업과 연결하고 있어요. '꿈통'의 하림이 친구들, 동생들에게 도움을 주고 싶은 제 마음은 어쩔 수 없네요. 이거, '오지랖'인가요?"

하림이와 나래는 '꿈통'에서 시작한 작은 꿈을 울려, 멀리까지 가고 있다. 울림통을 통과한 소리가 커지듯 '꿈통'에서 시작한 둘의 꿈은 커나가는 중이다. 나래와 하림이의 꿈 울림이 메아리처럼 '꿈통'으로 다시 돌아오면, '꿈통'의 또 다른 하림이와 나래들은 더 쉽게 꿈을 키워나갈 것이다.

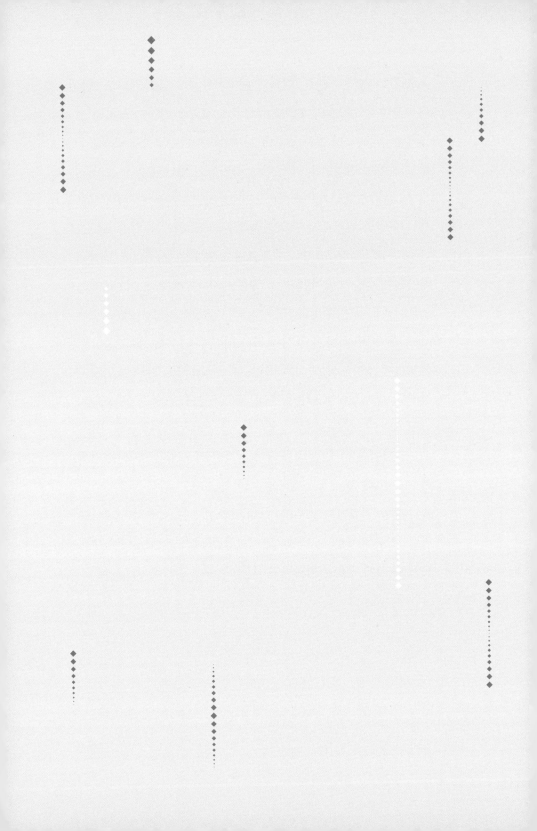

도전을 더하다

'꿈오'의 사전에는 실패와 좌절이 없다. 실패와 좌절은 도달해야 할 목표가 있을 때 생긴다. 하지만 '꿈오'에서는 목표가 중요하지 않다. '길은 있지만 목적지가 정해져 있지 않은, 길 자체가 목적'인 도전이다. 그 길 위에서 '꿈오 사람들'은 천천히 걷기도 하고 빨리 걷기도 한다. 멀리 가기도 하고 가까이 가기도 한다. 가다가 쉬기도 하고 쉬다가 가기도 한다. 혼자서 가기도 하고 여럿이 가기도 한다. 고민도 긴장도 즐겁다. 최선을 다하지만 최고가 아니어도 괜찮다. '꿈오'를 만나고, 변화하고, 다시 새로운 꿈에 도전하는 '꿈오 사람들'. 새로운 도전, 그 길 위의, 산책이기도 하고 마라톤이기도 한 이야기를 듣는다.

음악감독은 정치인?

꿈의 오케스트라 '성동' 윤용운(음악감독)

'꿈오' 성동의 준비 단계부터 지금까지 함께하며
음악감독뿐만 아니라 운영 단체인 성동문화재단의
비상임 이사직도 겸하고 있다. '꿈오' 성동은 구의회의
조례 제정으로 자립한 구립 청소년오케스트라로서
성동구에 뿌리를 내리고 결실을 맺어가고 있다.

영화 〈아웃 오브 아프리카〉가 없었다면 아마 모차르트의 〈클라리넷 협주곡 A장조〉는 제대로 알지 못했을지도 모른다. 드넓은 아프리카 초원 위에 흘러넘치는 아름다운 선율을 따라 검은 대륙의 긴장과 뜨거움이 일순 부드러워진다. 하늘을 나는 새도 잠시 멈춰 선 듯한 화면을 밀고 가는 것은 바로 클라리넷 선율이다. 아프리카의 이방인들은 여유로운 풍경 아래서도 그 땅에 닿지 못하고 떠 있는 듯, 불안해 보인다. 영화는 잔잔했지만 머릿속은 복잡해진다. 모차르트는 알았을까? 자신의 음악이 아프리카를 배경으로 이미지화될 것을. 그때 이후 아프리카의 초원 같은

밑도 끝도 없는 불안이 차오를 때면 모차르트의 그 음악이 불안
을 밀어냈다.

지역에 뿌리 내리는
꿈오를 위해

꿈의 오케스트라 성동의 음악감독 윤용운. 그는 행정가의 면
모도 갖춘 음악가로 '꿈오' 성동의 준비 단계부터 지금까지 함께
하며 음악감독뿐만 아니라 운영 단체인 성동문화재단의 비상임
이사직도 겸하고 있다. '꿈오'를 운영하는 주체는 중앙정부 차원
에서 '꿈오' 사업을 총괄하는 한국문화예술교육진흥원과 지방정
부 차원에서 '꿈오' 사업을 집행하는 각 지자체, 그리고 문화재단
등이다. 이들의 유기적 네트워킹을 통해 '꿈오'는 예비 거점에서
자립 거점이 되기까지 각 거점별로 해를 거듭해 아이들과 함께
지역의 특색을 담은 음악을 만들어간다.
　"이 사업에서 가장 중요한 것은 당연히 아이들이죠. 사회복
지적 측면이 강한 사업이기 때문에 그 아이들을 세심하게 살피고
오케스트라를 통해 정서적으로나 인간관계에 있어서나 변화하
도록 해야 합니다. 이건 기본이겠죠. 그러려면 무엇보다 음악감
독이 가장 크게 변해야 한다고 생각해요. 기존의 음악교육 방식

음악은 흐른다 ~~~~~

에서도 탈피해야 하는 것은 물론, 음악적인 부분만 신경 쓰는 것이 아니라, 재정 확보 등 행정적인 점도 굉장히 신경을 써야 합니다. 이 점이 기존의 음악 단체와 다른 '꿈오'의 음악감독이 해야할 일이죠. 물론 힘든 일이죠. 주어진 일만 하는 것이 아니라 오케스트라의 존속에도 직접적으로 힘을 써야 하니까요."

"한자리하려는 거 아냐"

이렇게 감독의 일이 일목요연하게 정리되지만, 실제로는 어렵기 짝이 없는 일이다. 아이들 챙기고, 강사들과 회의하고, 연습에 연습을 거듭해야 하는 와중에도 끊임없이 관련된 사람들을 만나야 한다. 그는 그렇게 해왔다. 구청의 담당 공무원을 만나 '꿈오'의 필요성을 설명하고 또 설명했다. 거기에서 막히면 돌아가는 지혜도 발휘했다. 구의원을 만나 설명하고 설득해 담당 공무원들을 움직이도록 했다. 이 과정에서 오해를 받기도 했지만 아이들과 오케스트라만 생각하며 무리한 일도 마다하지 않았다. 음악감독도 '정치'를 해야 한다고 생각하는 윤 감독. 물론, 여기서 '정치'는 관계자와의 소통을 말한다.

"저보고 여기저기 '쑤시고' 다닌다면서, 저 사람 한자리하려고 저런다는 곱지 않은 시선을 보내는 사람도 있었죠. 비상근이지만 성동문화재단 이사라서 그런 모양인데, '꿈오'만 성동에 자리 잡을 수 있다면 뭐, 개의치 않습니다. 도움을 줄 만한 사람들을 만나 '꿈오'를 도와달라고 부탁하는 일이 '정치'라면 정치를 제대로 할 필요가 있다고 생각합니다. '꿈오'의 음악감독이라면 피해 갈 수 없는 일이죠. 물론, 각 거점별로 환경이 다르고 처지도 다르겠지만 이런 일도 마다하지 않아야 '꿈오'가 지역에 튼튼히 뿌리내릴 수 있는 거죠."

설득은 무조건, 열심히 한다고 되는 것은 아니다. 지자체가 지원하는 일회성 프로그램이 아니라 지속성과 확산성을 갖는 사업으로서 문화예술 정책으로 자리 잡을 수 있도록 중장기 계획을 제시해야 한다. 그러므로 '꿈오'의 방향에 맞는 그림을 지역에 맞춰 구체적으로 그릴 수 있어야 하고, 그 그림을 다른 누구도 아닌 음악감독이 제시할 수 있어야 한다고 그는 생각한다.

"영향력 있는 사람을 개별적으로 만나는 것도 필요하지만 무엇보다 중요한 것은 정책으로 채택되도록 대안을 제시하는 것이죠. 저는 '하모니 성동'이란 프로젝트를 제시했습니다. '꿈오'는 어려운 가정의 아이들에게 오케스트라로 희망과 꿈을 준다는 점을 출발점으로 해서 이를 생애 주기별 오케스트라의 한 단계로 만들어나가야 한다는 취지로요. 즉, '꿈오'만 하고 끝내는 것이 아니라 청소년 오케스트라, 시니어 오케스트라, 프로페셔널 오

케스트라 등 앞으로 다양한 오케스트라를 만들어가면서 음악으로 성동이 하모니를 이룰 수 있다는, 공공성을 부각했죠. '꿈오' 성동이 구립 오케스트라가 되어야 하는 이유로서 그 점을 강조한 겁니다."

그런 노력이 결실을 맺어 '꿈오' 성동은 구의회의 조례 제정을 통해 구립 청소년오케스트라로 자리 잡아, 자립 거점으로서 성동구에 튼튼하게 뿌리를 내리고 풍성한 결실을 맺어가고 있다. '꿈오' 성동은 정기 연주회를 겸해 성동구 내 초중고 오케스트라와 민간 청소년 오케스트라를 아우르는 '성동 청소년 오케스트라 축제'에 주도적으로 참가한다. 또한 '서울숲'에서 열리는 '숲속의 오케스트라'를 통해 성동구 내 생애 주기별 음악단체를 망라한 공연을 주도하며 음악적 교류를 확대해나가고 있다. '꿈오' 성동이 구립이 될 때 극단과 시니어 합창단이 함께 구립이 되는 등 다른 분야 예술 단체도 구립으로 뿌리내리는 데 모델이 되었다. 이외에도 '꿈오' 성동은 다양한 '확산' 모델을 기획하고 실행해나가고 있다.

음악은 흐른다 〰〰〰〰

소 한 마리와 바꾼
음악 인생

　　전남 강진에서 태어나 고개 두 개를 넘어 학교를 다니던 시골 어린이 윤용운은 음악이라고는 학교에서 배운 노래와 라디오에서 흘러나오는 유행가를 따라 부르는 게 전부였다. 그가 처음 악기를 시작한 것은 우연이었다. 그는 강진을 떠나 광주의 한 고등학교에 진학하는데 학교에서 전국체전에서 연주할 관악대를 모집하자 거기에 지원해 처음으로 클라리넷을 접하게 된다. 1학년 1학기와 방학 내내 악기를 부느라 수업은 하지도 못했다. 체전이 끝나고 수업을 따라가지 못하던 고등학생 윤용운은 다행히 악기에 재능을 보였고, 클라리넷으로 대학에 진학할 것을 결심했다.

　　결심과 굳은 마음만으로 악기를 전공할 수 있다면 얼마나 좋을까? 그는 결국 시골집을 찾아가 무릎 꿇고 부모님께 자신의 결심을 차근차근 설명했다. 불호령이 내릴 것을 예상했으나, 자식의 결심을 보았는지, 아버지는 선뜻 악기를 장만해주겠다고 했다. 집안의 경제적 보루였던 소를 팔아 클라리넷을 사주신 부모님. 가난한 예술가의 길은 그때부터 시작이었다.

　　관악부는 전국체전이 끝난 뒤 유야무야되고 까까머리 윤용운은 화순으로 근무처를 옮긴 음악 선생님을 주말마다 기차를 타고 찾아가 클라리넷을 배운다. 하지만 선생님은 트럼펫 전공이었

기에 그분께는 클라리넷을 제대로 배울 수 없었다. 그는 졸업 후
첫 시험에서 낙방을 하고, 재수를 준비했다. 선생님의 도움으로
광주시립교향악단의 연구 단원으로 악기를 배울 수 있었다. 입
시에 즈음해 서울에 올라가 선배들의 도움으로 겨우 레슨을 받을
수 있었다.

고생에 고생을 거듭해 한양대 음대에 합격하지만 대학 문을
열자 고생은 또 그를 기다리고 있었다. 가난한 시골 유학생이 음
대 생활을 버텨내는 것은 힘들었다. 그럼에도 그는 친구의 하숙
집, 자취방을 옮겨 다니며 버텨냈고, 클라리넷과 지휘를 전공하

여 오늘에 이른 것이다.

"지휘를 하게 될 줄은 몰랐죠. 클라리넷 공부하기에도 벅찼으니까요. 그런데 서울심포니오케스트라 음악감독을 맡았을 때 총감독님이 음악감독을 하려면 지휘를 제대로 공부해야 한다고 하셨어요. 오케스트라의 지원을 받아 지휘 공부하러 유학을 갔다 왔죠. 제가 비록 가난했지만 주눅 들어서 살아오지는 않았던 것 같아요. 단체 생활에서는 숨어 있었던 적이 없었어요. 고등학교 조회 때면 학교에서 선생님 대신 악장인 저한테 지휘를 맡겼어요. 대학교 때는 과 대표로 오케스트라 총무를 했고, 군악대에서 이등병인데도 악장이 되어 지휘를 했죠. 악기를 배운 이후 앞에 나서지 않았던 적은 없었어요. 리더십은 그렇게 교육받은 것 같네요."

음악으로
서로를 보듬고

성동구는 음악과 함께한 그의 두 번째 고향이다. 자라온 환경으로 보나 지역에 뿌리내린 음악 인생으로 보나 자신은 '엘 시스테마형 예술가'라고 말하는 윤용운 감독. 처음에는 불가능해 보여 의구심이 들었던 엘 시스테마의 음악교육 방식이 이제는 아이들의 잠재력을 끌어낼 수 있는 최선의 방법이라고 확신한다. 하모니를 이루는 오케스트라 음악에서는 특히 더 그렇다. 개인 레슨을 병행하는 단원이 대다수인 학교 오케스트라보다 '꿈오'의 사운드가 좋은 이유는 꿈오의 음악이 함께하는 음악, 자발성을 북돋우는 음악, 즐기는 음악이기 때문이다. 이제, 아이들도 알고 선생님들도 안다. 음악을 계기로 어려운 환경의 아이들이 소통 하기 때문이 아니라, 이들이 서로 어려움을 보듬고 나누는 과정을 음악으로 표현하기 때문에 '꿈오'의 사운드가 독특하다는 것을……

음악은 흐른다 ∼∼∼∼∼∼∼∼∼∼∼

생각의 힘이
나를 밀고 간다

'익산과 함께 만들어가는 꿈과 희망의 오케스트라' 최민서(단원)

초등학교 5학년 때 지역아동센터의 소개로 '꿈오'
익산의 모집에 지원하면서 '음악의 길'에 접어들었다.
현재 한국예술종합학교에서 호른을 전공하고 있다.

말러의 〈대지의 노래〉. 그의 아홉 번째 교향곡인 이 곡에 말러는 번호 대신 '대지의 노래'라는 표제를 붙인다. 당시 말러는 소위 '9번 징크스'를 신경 썼다고 한다. 즉 아홉 번째 교향곡을 마지막으로 더 이상 교향곡을 쓰지 못하거나 열 번째 교향곡을 쓰다가 생을 마감한다는 괴담. 베토벤, 슈베르트, 드보르자크, 브루크너……. 다행히 말러는 열 번째 교향곡을 완성한다. 그런데 아이러니하게도 그 곡이 말러의 '교향곡 9번'이다.

말러의 〈대지의 노래〉는 소멸의 순간을 아름다운 선율로 들려준다. 그러나 그 선율은 단선적이지 않고 복합적이다. 여러 선율이 얽혀 아름다운 이미지를 엮어간다. 말러의 교향곡이 대부분 그렇지만 이 곡 역시 인내심을 필요로 할 정도로 긴 편이다. 그만큼 말러는 삶과 죽음에 대한 생각이 깊었는지도 모르겠다. 이 곡에서 호른은 다른 관악기와 함께 말러의 교향곡을 이끄는 주요한 파트다. 호른 주자가 소멸을 암시하는 말러의 교향곡에서 오히려 살아 있음을 느끼는 이유는 이 때문일지도 모르겠다.

"아주 걸멋만 들어가지고……"

한국예술종합학교(한예종) 호른 전공 최민서. 그는 '익산과 함께 만들어가는 꿈과 희망의 오케스트라'('꿈오' 익산)의 단원으로 고3 때까지 활동했다. 고3 때는 '꿈오' 익산의 후배 단원들과 슈트라우스의 〈호른 협주곡〉을 협연한 바 있으며, 입시 준비를 하는 중에도 피어티칭을 하며 후배들과 함께 하모니를 만들어갔다. 한예종에 진학한 뒤에도 그는 '꿈오'가 필요로 할 때면 어떻게든 시간을 내서 달려갔다. 그만큼 '꿈오'는 그에게 특별하다.

그는 초등학교 5학년 때 지역아동센터에서 악기를 배울 아이들을 모집한다는 얘기를 듣고 재미있을 것 같아서 무턱대고 '꿈오'에 발을 들이게 되었다. 처음에는 트럼펫을 했는데 선생님이 '암모나이트'처럼 생긴 악기를 권했다. 그 악기가 바로 자신의 10대를 함께했고 앞으로도 함께할 악기, 호른이다.

"저는 좀 말 없는 아이였던 거 같아요. 잘 기억이 나지 않지만, 친구들과 뛰어놀거나 하는 데 열중하지 않았고요, 얌전히 선생님이 시키는 대로 했던 것 같아요. 호른도 어려움 없이 배웠던 것 같은데, 오혜란 선생님이 지금의 저를 있게 한 분이 아닌가 생각해요. 저를 매우 인간적으로 대해주셨어요. 호른을 가르치는 것보다 저의 기분과 생각을 더 많이 챙기셨죠. 저에게 이래라 저래라 하시기보다 제가 뭘 할지 결정할 때까지 기다려주셨던 것 같아요. 그렇지 않았다면 악기를 계속했을까 하는 생각도 하고요. 제가 전공하고 싶다고 했을 때, 누구보다 먼저 북돋워주셨어요. '아주 겉멋만 들어가지고' 하시면서요. 그 말이 무슨 뜻인지 알거든요."

음악을 전공한다는 게 얼마나 힘든지 알고는 있었지만, 막상 결심하고 나니 걸림돌이 한두 개가 아니었다. 집에서 뒷받침해줄

상황이 아니었을뿐더러 악기도 없었고 레슨 받을 형편도 아니었다. 무엇보다 자신의 마음가짐이 문제였다. 하고 싶은 마음이 커질수록 '할 수 있겠어?' 하는 마음도 커져갔다. 그럼에도 그는 부모님께 말씀드렸다. 호른을 계속하고 싶다고…….

"부모님은 제가 뭔가를 하고 싶다고 하면 대부분 반대하지 않으셨어요. 가능한 한 도와주려 하셨죠. 그런데 이건 보통 힘든 뒷받침이 아니잖아요. 그런데도 저는 걱정 마시라고 했죠. 뭔 계획이 있는 것도 아니면서……. 그리고 나서 중3 때, 예고 선생님이 우리 학교로 입시 설명회를 하러 오셨어요. 설명회가 끝난 뒤 따로 그 선생님과 상담을 했죠. 그분이 호른 선생님이었어요. 그래서 용기를 내서, 호른을 전공하고 싶은데 가정 형편이 좋지 못하니 선생님께서 저를 개인 레슨 해줄 수 있느냐, 그러면 지원하겠다, 했죠. 그래서 진학하게 된 학교가 '원광예고'예요. 악기는, 다행히 전공을 포기한 선배의 악기를 아주 싸게, 천천히 갚는 방식으로 구입했죠. 그때까지는 참, 일이 잘 풀렸죠."

스스로 하는 레슨

그는 예고에서 조금 더 편히 음악을 배우고 앞날도 더 잘 보일 줄 알았다. 하지만 학교생활이 그렇게 녹록한 것은 아니었다.

음악은 흐른다 ~~~~~~~~~

바쁜 선생님은 레슨을 한 달에 한 번 정도 해주셨고, 그마저도 연습할 내용을 종이에 프린트해주시는 게 대부분이었다. 처음에는 연습을 어떻게 할지 막막했다. 결국 프린트 내용대로 악보를 구해서 혼자 연습할 수밖에 없었다. 하지만 레슨을 충분히 받지 않고 악기를 익히기란 말처럼 쉽지도 않았을 뿐만 아니라 진도도 잘 나가지 않았다.

"학교에 다니면서 든 생각은, '이러다가 호른을 제대로 배울 수 없겠다'는 것이었어요. 그래서 선생님만을 바라보지 않고 저 혼자 연습을 했어요. 연습할 곡의 악보를 사서 혼자 연습을 했는데, 유튜브를 많이 검색해서 봤죠. 호른 대가들의 연주를 보면서 그대로 하려고 노력했어요. 그리고 연습량이 중요했기 때문에 매일 아침 7시에 학교에 가서 한 시간 이상 연습을 했어요. 수업 전까지 악기 청소도 하고요. 거의 매일 빠짐없이 연습을 했어요. 그게 대학 진학을 해야 한다는 압박감이었는지, 여기서 포기하면 안 된다는 두려움이었는지는 모르겠지만……."

그렇다고 3년을 한결같이 동요 없이 연습을 거듭했던 건 아니었다. 너무 힘들게 달려와서인지 여름방학 때, 악기가 잡기 싫어졌다. 한때는 게임에 빠지기도 했다. 비록 한 달에 한두 번이었지만, 당시 서울에서 받고 있던 레슨 덕분에 기량을 유지할 수 있었다. 마음은 갑갑했지만 이마저 놓으면 호른과는 점점 멀어질 것 같다는 생각이 들어서 스스로 인내심의 끝을 보겠다는 마음으로 견뎠다. '고생 끝은 있다'는 말처럼 방황은, 다행히 오래가지 않았다.

"8월에 전국에서 호른을 배우는 학생들의 캠프가 있었어요. 그때 저는 정말, '꿈오' 선생님들처럼 열린 선생님을 만날 수 있었어요. 악기뿐만 아니라 마음을 터놓고 의지할 수 있는……. 그 전부터 배우고 싶었던 분이 있었어요. 그런데 캠프에 딱, 그 자리에 계신 거예요. 정말 저한테는 행운이었죠. 그래서 서울에서 레슨도 그 선생님께 받기로 했어요."

캠프를 계기로 더 넓은 세계에서 많은 친구들과 새로운 선생님을 만나고부터는 이제까지의 '고생'은 모두 '잠시 휴식'으로 느껴졌다. 그 선생님에게 레슨을 받으면서 즐겁게 연주할 수 있었다. 그런 '즐거운 노력'의 결과 그해 가을에 서울대 콩쿠르에서 입상도 했다.

'꿈오'가 없었다면

그런 와중에도 그는 '꿈오' 익산에서 가능한 대로 후배들도 가르치면서 협연할 '호른 협주곡'도 연습했다. 그것은 의무가 아니라 행복이자 자신의 존재 이유였다. 그에게 '꿈오'는 언제든지 거기에 있는 푸근한 보금자리 같은 곳이다. 그래서 고3 입시 준

비로 시간이 부족했음에도 일주일에 한 번은 꿈오에 나간 것이다. 꿈오는 그에게 음악을 시작하게 해준 곳, 호른을 자신의 삶에 연결해준 곳이다. 무엇보다 그곳은 따뜻하고 허용적인 선생님들이 있고, 서로 배려하고 도와주는 친구들, 후배들이 있다. '꿈오'가 없었다면 그는 지금 어떤 삶을 살았을까? 잠시 말이 없던 그의 눈가가 살짝 붉어졌다.

"그 생각만 하면, 막막하고 아득해요. '꿈오'가 없었다면, 뭐, 어떻게든 살았겠지만, 내가 하고 싶은 게 있었을까 하는 생각에 이르면 정말 캄캄했을 것 같아요. '꿈오'가 뭔가를 주었다기보다는, 저를 생각하는 사람으로 만들어줬어요. 호른을 시작한 것은 '꿈오' 선생님들의 권유였지만 호른을 계속하겠다고 결심한 건 저였죠. 어떻게 살아야 할지, 무엇을 해야 할지, 그걸 스스로 생각하고 결정하는 힘을 '꿈오'에서 길렀던 것 같아요."

그는 이제 또 새로운 꿈을 꾼다. 군악대에 들어가서 군 생활을 마치고 대학을 졸업하면 시립교향악단에 들어가고 싶다. '꿈오'에서 느꼈던 그 마음을 프로페셔널 단원, 연주자로서 다시 느끼고 싶다는 것. 서울시향 입단을 내심 바라고 있지만, 익산에 시향이 생긴다면 거기에 들어가서 '꿈오' 후배들과도 가깝게 지내면서, 그들의 '겉멋'이 되고 싶다는 것도.

"독주자가 되고 싶은 생각이 없는 것도 아니지만, 그건 정말 힘든 길인 것 같아요. 노력만으로 해결할 수 없는, 지금까지보다 더 엄청난 경제력이 필요하기 때문이죠. 포기라고는 생각하지 않아요. 꼭 독주자만이 음악을 하는 게 아니니까요. 물론 오케스트라 단원이 되기도 힘들지만요. 나중에 '꿈오' 익산의 선생님이 되어서 아이들도 가르치고 싶고요, 더 나중에는 음악감독도 해보고 싶어요. 그냥 해보고 싶은 게 아니라, 꼭 해보고 싶어요."

그는 요즈음 '말러'를 좋아한다. 말러의 대편성 교향곡을 특히. 거기에는 호른을 비롯해 많은 관악기가 배치되는데, 그 소리가 정말 좋다. 그는 한예종을 다니며 교향악단의 객원으로 '알바'를 여러 번 하면서 말러 교향곡의 매력에 푹 빠져 있다. 암모나이트 같은 호른을 처음 본 그날을 떠올리며……

194

'꿈오'는
'클나무'로 자란다

부안 아리울오케스트라 김수일(책임프로듀서)

부안군 문화체육시설사업소 주무관이자
9년 차 '꿈오' 부안의 책임프로듀서로서, 오케스트라
음악의 불모지였던 부안에 '꿈오'를 시작으로 다양한
음악 단체를 지원하며 '예술 부안'의 저변을
다지는 데 노력하고 있다.

"내가 그의 이름을 불러주기 전에는/ 그는 다만/ 하나의 몸 짓에 지나지 않았다.// 내가 그의 이름을 불러주었을 때/ 그는 나에게로 와서/ 꽃이 되었다.// 내가 그의 이름을 불러준 것처럼/ 나의 이 빛깔과 향기香氣에 알맞은/ 누가 나의 이름을 불러다오./ 그에게로 가서 나도/ 그의 꽃이 되고 싶다.// 우리들은 모두/ 무엇이 되고 싶다./ 너는 나에게 나는 너에게/ 잊혀지지 않는 하나의 눈짓이 되고 싶다."

　많은 사람의 입에 자주 오르내리는 김춘수의 「꽃」이라는 시다. 누군가의 이름을 부르기 전에 그 사람은 내게 없다. 누군가의 이름을 불렀을 때 비로소 그 사람은 사람으로 존재한다. 함께하는데 이름도 모른다면, 그것은 우리가 존재를 존재로서, 사람을 사람으로서 대하지 않는 것이다. 내가 누군가의 이름을 부를 때 누군가는 '누구'가 아닌 '이름'이 된다. 이름은 사이가 되고 사이는 관계가 되고 관계는 소통이 된다. 그리고 부르는 소리는 음악이 되고 예술이 되고 문화가 된다. 그렇게 '꽃'은 핀다.

따로 또 같이, 꿈+가족 오케스트라

부안 아리울오케스트라('꿈오' 부안)를 운영하는 부안군 문화체육시설사업소 주무관이자 '꿈오' 부안의 책임프로듀서인 김수일. 그는 '꿈오'에 푹 빠져 살며, 부안예술회관의 음향감독이자 공연기획과 공연장 상주단체를 담당한다. 부안예술회관에서는 '꿈오' 부안의 연주회뿐만 아니라 상주 예술 단체인 클나무필하모닉오케스트라(이하 '클나무필') 등의 다양한 공연과 퍼포먼스, 예술 문화 강좌가 펼쳐진다. 부안예술회관은 부안군청과 시장, 주거지에서는 조금 떨어진 한적한 곳에 있어서 찾아가기가 녹록지 않다. 하지만 '꿈오'의 활동을 계기로 부안의 예술 단체도 움직임이 활발해지고, 이에 군민의 참여가 늘어나 이제는 부안 예

음악은 흐른다 ~~~~~~~~~

술 문화의 중심이 되었다.

"2012년 '꿈오'가 생기고 한 번 큰 시행착오를 거치며 자리를 잡아나갔어요. 이와 함께 '꿈다락 토요문화학교 가족오케스트라' 프로그램도 연결되었죠. 사실, 두 프로그램은 분리해서 진행해야 했지만, 지역 여건상 참여자가 겹칠 수밖에 없어서 같이 갈 수밖에 없었어요. 초기에는 부안으로 이주해 오거나 귀촌한 가족, 그런 가정의 아이들이 '꿈오'와 가족오케스트라에 많이 참가했어요. 그분들과 여기 오래 사셨던 분들이 마음을 열고 소통하는 곳이 되었던 거죠. 시골 인심이 좋긴 하지만, 배타적인 부분도 좀 있거든요. 그걸 깨는 데 '꿈오'와 가족오케스트라가 큰 역할을 했죠."

'꿈오'와 가족오케스트라는 부안에서는 떼려야 뗄 수 없는 관계다. '꿈오'에서 시작된 부안군의 음악적인 기운은 가족오케스트라로 연결되었다. 이후 '부안군민오케스트라'(한문연 프로그램), '클나무필' 등 다양한 예술 단체가 생겼고, 앞서 소개한 바대로, 군 단위인데도 희망악기사라는 악기점이 문을 열게 되었다.

"예술회관에서 한 시간 거리인 줄포면의 귀촌 가정들에서 '꿈오'에 아이들을 보내게 되었어요. 부모님들이 아이들을 데려다주고 끝날 때까지 기다렸다 데려가셨는데요, 그 시간에 아이들이 어떻게 수업하나 궁금해서 수업을 참관하게 되셨어요. 그런데 보다 보니 자신들도 배우고 싶은 마음이 생겼던가 봐요. 참관이 참여로 바뀌었죠. 악기는 아이들 것밖에 없으니 바이올린을 직접 사서 청강생처럼 배우기 시작했죠. 물론 규정에 맞지 않았고 무엇보다 선생님들의 부담이 커져서 곤란하다고 했지만 이미 음악에 빠진 분들을 어쩌지는 못했어요.

마침 그때 진흥원의 '가족오케스트라' 프로그램이 진행 중이어서 거기에 부탁을 했죠. 매주 토요일마다 아이와 부모가 또 다른 오케스트라를 만들어간 거죠. 지금도 앙상블을 이루어 음악으로 봉사 활동을 꾸준히 하고 있어요. 그 외에도 부안에는 악기를 다루는 가정이 많아서 저녁에 연주 소리가 새어나오는 집이 꽤 있습니다."

달리는 상담소, 꿈 발전소

'꿈오' 부안은 자립 거점으로 음악적인 부문에서 거의 불모지였던 부안에 예술의 씨앗을 뿌리는 기적 같은 일을 해냈다. 하지만 처음부터 모든 것이 순탄하게 계획대로 된 것은 아니었다. 오히려 더 이상 진행이 어려울 정도로 큰 장벽에 부딪친 적이 있었다. '꿈오'에 없어서는 안 될 단원인 아이들이 '어떤' 이유로 점점 그만두게 되어 그 수가 현저히 줄어드는 위기를 맞았던 것이다.

"2012년 처음 '꿈오'를 시작했을 때, 진흥원의 컨설팅을 받으면서 정말 많은 것을 준비했죠. 그런데 과욕이었을까요? 생각대로 잘되지 않았어요. 처음에는 잘되는 줄 알았죠. 공연도 하고 군민들에게 호응도 받았으니까요. 그런데 정말 중요한 아이들을 대상화했던 거예요. 보여주기 식으로 눈에 보이는, 수치로 기록되는 성과를 내는 데 주력했던 거죠. 그러다 보니 악기 다뤄본 아이들 위주로 뽑고, 연주 잘하는 아이로 단련했어요. 심하게 말하면 조련했던 거죠. 물론, 재능이 있고, 순종적인 아이 몇몇은 잘 따라왔지만 대다수의 아이들이 재미를 못 느끼고, 더군다나 성취감도 생기지 않았던 거예요. 그 아이들이 계속 떨어져 나가고 나서야, '어이쿠, 이게 아닌데' 했던 거죠."

그러면서 '꿈오' 부안은 사업을 접을까 말까 하는 위기의 순간까지 맞게 되었다. 많은 생각과 생각이 모이고, 그만둘 때 그만두더라도 무엇이 문제였는지 살펴보기로 했다. 문제는 복잡하지 않았다. 행정 시스템도 예산도 열의도 문제가 아니었다. 다만, 아이들을 위한 프로그램에 아이들이 없었던 것이다. 무슨 혜택이라도 준듯이 아이들이 받은 만큼 성과를 내기를 기대하고 다그쳤던 것이다. 그래서 다시 시작한다는 마음으로 아이들부터 챙기기로 했다.

"아이들이 이쪽 사무실 문을 열고 들어와서 인사를 해요. 그리고 저쪽 문을 열고 연습을 하러 가는데 제가 이름을 모르겠는

음악은 흐른다 〰〰〰〰〰〰〰

거예요. 아니, 처음부터 몰랐던 거죠. 아, 정말 부끄러웠어요. 그래서 아이들을 데려오고 데려다주는 차량을 운행했던 거죠. 아이들이랑 좀 더 가까이 있어야 하지 않을까 해서요. 아이들끼리 서로 이야기하는 것도 듣고, 저도 아이들이랑 이야기하고……. 이모든 게 자연스럽게 쌓이면서 이름을 알게 되고 성격도 알게 되고 가정 형편도 알게 되고, 나중에는 아무에게도 말 못할 심각한 고민도 듣게 되었어요."

'꿈오' 부안의 아이들 중에는 조손 가정이나 한부모 가정의 아이들이 꽤 있다. '꿈오' 차량을 운행하면서 이들의 자잘한 민원도 해결해주게 되었다. 어떤 조손 가정의 할머니는 전화를 해서, "손녀 데려다줄 때 세제 하나만 사다줘요" 하는 부탁을 간혹 한다. 무거운 짐을 아이에게 들려 보낼 수 없어서 집까지 갖다주면, 그 집 환경이 눈에 그대로 들어오고 아이들이 어떻게 살고 있는지 자연스럽게 알 수 있었다. '이런 환경의 아이들이 바이올린을 연주하고 악기를 연주할 수 있게 해주는 것이구나, 이 사업이…….' 새삼 그는 무엇 때문에, 누구를 위해 이 사업을 해야 하는지 깨닫게 되었다. 지금도 '꿈오' 차량은 아이들의 고민과 기쁨, 소소한 민원을 싣고 달린다. 한 번 엎어졌다 일어난 사람이 더 잘 달리는 법이다. 이는 단체도 마찬가지다. 이제 '꿈오' 부안에서 아이들은 와글와글 자신을 드러내고 꿈꾸고 노래하고 연주한다. 선생님들도 마찬가지다. '꿈오'로 시작된 부안의 오케스트

라는 프로페셔널 연주 단체인 '클나무필'로 이어졌다. 선생님들
도 그 무렵 '클나무필' 단원에서 '꿈오'의 음악감독과 교육강사로
대폭 바뀌었다. 또한, 대도시에 나갈 필요 없이 악기 수리와 구입
을 지역 악기상에서 해결한다. 말 그대로 '완전' 자립 거점인 것
이다.

한 명 한 명
이름을 부르면

'꿈오'는 참 오묘하다. 연주력을 올리기 위해 음악만 신경 쓰

면 오히려 연주력이 떨어지고, 음악보다 아이들의 마음을 보듬으면 연주력이 상승하는 쌍곡선. 그 선을 오르내리며 아이들은 청소년이 되고 어른이 되어간다. 또 '꿈오' 부안의 어른들은 아이들의 마음으로 돌아간다. 쌍곡선이 또 다른 쌍곡선을 낳는, 출렁거리는 마음이 서로를 움직이는 곳, '꿈오' 부안.

　9년은 그냥 흘러간 시간이 아니다. '꿈오' 부안과 '클나무필'은 부안의 지역 예술의 기반이 되어 함께 움직인다. '클나무필'의 단원이 '꿈오' 부안의 감독과 선생님이 되고 '꿈오' 부안의 단원 중, 실력이 향상된 단원이 '클나무필'의 객원으로 참가해 더 큰 무대를 경험한다. 전공을 선택한 단원 중에는 2020년 음대 입시에 합격해 음악 인생을 이어가는 단원도 있다. 그 아이들은 다시

'꿈오'의 보조 강사로, 특강 강사로 기꺼이 자리해 후배들의 미래를 비출 것이다.

진정한 '꿈오' 부안의 시작은 아이들의 이름을 부르기 시작했을 때부터다. 아이들의 이름도 모르면서 단지 행정의 성과만을 얻으려고 했을 때 맞은 참담한 실패를 딛고, '꿈오' 차량을 운행하며, 한 명 한 명 이름들을 부르자 아이들은 '꿈의 오케스트라'가 되었다. 꿈꾸는, 꿈을 이루어가는 아이들. 한 명의 아이도 포기하지 않는…….

음악은 흐른다 〰〰〰

동료로 돌아온
제자

꿈의 오케스트라 '영주' 오창근(음악감독), 김세림(교육강사, 바이올린)

플루트 전공자 오창근은 고향인 영주에서 청소년
오케스트라 창단 등 음악 활동을 하다가 '꿈오'
영주의 감독이 되었다. 청소년 오케스트라 출신인
김세림은, 음대 졸업 후 '꿈오' 강사로 돌아와
선생님들과 동료가 되어, 6년 차 '꿈오' 영주가 여러
음악 단체와 함께 다양한 스타일의 협력 공연을
기획하는 데 힘을 보내고 있다.

공연 전 리허설, 오케스트라 단원인 아이들이 모두 단정한
단복을 입고 무대를 채웠다. 튜닝을 마치고 일순 소리가 잦아들
자 한 사람이 무대 왼쪽에서 걸어온다. 그는 지휘대 위에 올라서
서 오케스트라 단원들을 둘러본다. 천천히, 왼쪽에서 오른쪽으
로 제1 바이올린, 제2 바이올린, 비올라, 첼로. 첼로 뒤쪽의 콘트
라베이스. 그리고 오른쪽에서 왼쪽으로 트롬본, 트럼펫, 플루트,
클라리넷, 호른 등의 관악기. 그 뒤로 팀파니와 타악기들……

그는 지휘봉을 들어 연주를 시작하려다가 다시 손을 내린
다. 지휘봉 손잡이가 보이도록 거꾸로 잡고, 단원들에게 보여준

다. 지휘봉 손잡이는 수선한 흔적이 역력하다. 장인의 솜씨가 아닌, 어설프게 테이프로 붙인 낡은 지휘봉. 그는 아이들에게 천천히 말문을 연다. "이 지휘봉은 20년 전 제가 처음 지휘를 했을 때부터 함께해오던 친구입니다. 여기 계신 여러분의 선생님이 여러분처럼 어렸을 때 단원으로 참가했던 오케스트라였죠. 그 오케스트라는 10년 전에 해산을 했지만, 오늘 '꿈의 오케스트라'로 다시 부활했어요. 이 지휘봉도 다시 살아났어요." 잠시 뒤 그는 손을 들어 첫 곡을 연다. 낡은 새 지휘봉이 허공에서 음들을 살려낸다.

음악은 흐른다 ∿∿∿∿∿∿∿

고향에 뿌린
오케스트라의 씨앗

　　꿈의 오케스트라 영주의 음악감독 오창근. 영주에서 태어난 그는 음대를 다닐 때를 빼고는 줄곧 고향에서 음악 활동을 해온 '토박이' 음악가다. 그가 처음 음악을 시작한 것은 초등학교 관악부에서 트럼펫을 불 때였다. 그때부터 공부보다는 음악이 좋았다. 아니, 공부할 시간이 아까울 정도로 음악이 좋았다. 처음에는 오보에를 하고 싶었으나 생소한 악기였기에 구하기조차 힘들었다. 그래서 플루트를 시작했다.

　　그런데 영주는 물론 인근 도시인 안동에서도 플루트를 가르쳐줄 선생님이 없었다. 플루트를 배울 수 있는 가장 가까운 곳은 대구였다. 영주에서 대구까지 중앙선을 타고 왕복 다섯 시간을 오가며 플루트를 배웠다. 그때가 1980년대 중반이었으니, 토요일마다 수업을 마치자마자 기차를 타고 내려가 레슨을 받았다. 대구 이모 댁에서 1박을 하고, 일요일에 다시 레슨을 받고 영주로 올라왔다.

　　"그렇게 해서 플루트 전공으로 음대에 들어갔고, 졸업을 했죠. 당시 서울에 계신 선생님이 올라오면 자리 잡도록 돌봐주겠다고 했어요. 그럴까 하고 생각 중이었는데, 저처럼 영주 출신의 음악 하는 선배가 제안을 했어요. 영주에 청소년 오케스트라를 만들어보자고요. 고향 후배들만큼은 우리처럼 어렵게 음악 하지 않도록 새로운 걸 시도해보면 어떻겠느냐는 것이었죠. 오케스트라는커녕, 몇몇 학교에 있던 관악부도 없어진, 문화예술 불모지였죠, 영주가.

그런데 음악 학원은 꽤 있었고, 거기에 다니는 아이가 많았어요. 그런 바탕이 있는데 오케스트라가 없다는 건 말이 안 됐죠. 주위에서는 '무모한 짓'이라고 했지만 뛰어든 거죠, 젊었으니까."

어제의 선생님,
오늘의 동료

청소년 오케스트라를 만든다고 하자, 오디션을 봐야 할 정도로 많은 아이들이 모여들었다. 그때가 1996년, 단원을 뽑았고, 연습실은 시의 도움으로 새마을회관 지하를 빌릴 수 있었다. 당시 들어온 바이올린 단원 중에는 지금 '꿈오' 영주의 바이올린 강사로 활동하고 있는 김세림 선생님이 있었다. 오 감독은 그를 발랄하고 활달했던 아이로 기억하는데, 막상 그는 너무 어렸을 때라 잘 기억이 나지 않는다면서 기억의 조각을 맞춰나갔다.

"엄마 친구 분들의 자녀와 함께 청소년 오케스트라에 들어갔어요. 여름마다 캠프에 갔는데, 그때 굉장히 열심히 연습했어요.

언젠가 정기 연주회 날이었어요. 리허설을 마치고 공연 전까지 그 새를 참지 못하고 시민회관 앞에서 뛰어놀다가 넘어져 다쳤어요. 팔뚝에 피가 흐를 정도로요. 제 자리는, 바이올린 파트 두 줄 중에 객석 쪽이었는데, 결국 자리를 안쪽으로 바꿔 앉아야 했어요. 상처 때문에 민소매 드레스를 입고 연주하기 힘들었거든요."

그는 무대에 드레스를 입고 올라 연주하는 게 무척 좋았다. 청소년 오케스트라에서 악기를 연주하면 특별한 사람이 된 것 같아 뿌듯했고, 공연을 마치고 나면 자신감이 넘쳤다. 그러면서 자연스럽게 바이올린을 전공하게 되었고, 음대에 진학했다. 졸업 후 오 감독의 '부름'을 받고, 고향에서 아이들을 가르치게 되었다.

"꿈오 아이들에게, 예전에 청소년 오케스트라에서 연주했던 곡을 많이 가르쳤어요. 제가 배울 때는 어땠는지 잘 기억이 나지 않았는데, 이렇게 어려운 곡을 해냈다는 생각에, 새삼 '어린 김세림'이 대단했구나 하고 대견해했어요. 그런데 '꿈오' 아이들은 정

말 더 대단해요. 순수하고요. 연습 시간이 길어서 힘들 텐데도 흥미를 잃지 않고 진지하게 음악에 빠져들거든요. 첫 정기 연주회 때는 정말 감동이었어요. 아이들이 무에서 유를 창조해냈던 거죠. 여기 올 때는 대부분 악기를 다루지 못했거든요. 지금도 아이들이 무대에서 연주를 하는 걸 보면 뭉클할 때가 많아요."

그는 작은 손가락으로 지판을 짚는 아이들의 투박한 소리가 그 어느 뛰어난 연주보다 마음에 와닿는다고 느낀다. 무대에 올라 긴장된 표정으로 악기를 연주하는 '꿈오' 아이들을 볼 때마다 그는 거기에서 자신의 모습을 발견한다.

"지금 '꿈오' 영주에서 저와 같이 활동하는 강사 분들 중에

음악은 흐른다 ～～～～～

세 분이. 제가 어렸을 때 활동한 청소년 오케스트라의 선생님들이세요. 그때 저를 엄청 예뻐했다고들 그러세요. 감독님도 그렇고 선생님 세 분도 그렇고, 사제지간에서 이제는 동료로 지내는 거잖아요. 이런 관계 변화가 매우 의미 있다고 생각해요. 저는 아이들에게도 이 얘기를 꼭 해줘요. 언젠가 너희들 중에서도 누군가가 나의 동료로 음악을 같이할 수 있으면 좋겠다고요."

어떤 울타리도 치지 않고 다양하게

청소년 오케스트라는 2000년대 중반, 단원이 감소해서 중단되었지만 활동 기간 동안 영주에 클래식 음악의 씨앗을 뿌렸다. 음악을 전공하지 않았더라도 어린 시절 연주했던 곡은 성인이 된 그들의 삶에 많은 영향을 주었을 것이다. 오 감독은 청소년 오케스트라가 해산된 뒤에도 음악 활동을 멈추지 않았다. 성인 오케스트라인 '모던필오케스트라'를 조직하고, 학교 오케스트라를 지도하는 등 고향에 뿌린 클래식 음악의 씨앗이 싹 트고 열매 맺는 데 열정을 기울였다.

"그러다가 '꿈오'를 만난 거죠. 처음에는 아동·청소년 오케스트라를 정부에서 지원해준다고 해서 신청을 했죠. 오케스트라

운영에서 예산 문제 해결하기가 가장 어렵거든요.

　사실 엘 시스테마가 무엇인지는 몰랐죠. 사전 교육을 받는데, 정말 눈이 확 뜨이는 거예요. 이전까지는 정말 도제식, 말이 좋아 도제식이지 야단치고 큰소리치고, 정말 상처 주는 말을 많이 하잖아요. 음악적인 근성을 자극한다면서. 그런데 엘 시스테마는 함께하고, 칭찬하고, 기다려주고, 배려하고 그래야 한다는 거예요. 오케스트라 하모니를 이루는 데는 이것만큼 훌륭한 시스템이 없다고 생각했어요. 정말 중요한 것은 빠른 시간 내에 연주 실력으로 성과를 내는 것이 아니라, 아이들이 오케스트라를 통해 성장하는 것이라는 데에 마음을 빼앗겼죠."

　그런 마음으로 아이들을 만나지만, 교육받은 대로 되는 것은 아니었다. 아이들을 대하는 방식은 어렵지 않았다. 하지만 감독으로서 가진 음악적 욕심은 쉽게 사라지지 않았다. 음악이 어려워 아이들이 흥미를 잃는 것을 볼 때마다 좀 더 쉽게, 좀 더 재미있게 눈높이를 낮춰야만 했다. 머리는 '아이들이 즐거워야지' 하면서도 '오케스트라가 이 정도는 해야지' 하는 마음이 쉽게 가라앉지는 않았다. 쉽다고 아이들이 무조건 좋아하는 것이 아니기 때문에 눈높이를 조절하는 것도 어려웠다.

　"참, 쉽지 않았어요. 아마 '꿈오' 감독이라면 누구라도 이런 고민을 했을 거예요. 모두 각자의 방식대로 균형을 잡았겠지만, 저는 선곡을 신경 쓰는 한편, 아이들에게 성취감을 줄 수 있는 방식을 생각했어요. 독주를 하고 싶은 단원은 스스로 정한 곡으로 오디션을 봤어요. 또, 아이들의 눈높이보다 조금 높은 곡을 선택하는 거죠. 아이들이 즐거워할 만한, 도전해볼 만한 곡을 편곡해서 협연하는 거죠. 그런 곡을 파트 선생님들이 재미있게 밀착해서 가르치도록 하고, 서로 의견을 교환하면서 같이 풀어나가도록 했고요."

'어떤 울타리도 치지 않고 다양하게', 이것이 그가 생각하는 '꿈오'적인 방식이다. 몇 번의 시행착오를 거쳐 기존의 '생각'을 많이 내려놓자 오히려 더 많은 것이 쌓였다. 즐거움과 성취감을 느끼는 가운데 아이들의 기량이 늘었고, 레퍼토리도 다양하게 쌓였다. 그렇게 '꿈오' 안에서 서로 소통하며 음악을 만들었고, 그 열매가 이제 하나의 결실을 맺었다고 그는 생각한다.

'꿈의 오케스트라' 영주는, 6년 차가 되는 2020년, 음악적 교류를 '꿈오'의 울타리를 넘어 지역사회에서 펼쳐보려고 한다. 축제 등 지역 행사에, '청소년 문화의 집'에서 운영하는 국악연주단

등 여러 음악 단체와 함께 다양한 스타일의 협력 공연을 적극적으로 기획하고 추진해나갈 예정이다.

"하고 싶은 것도 많고 해야 할 것도 많지만 다 할 수는 없잖아요. 우선순위를 둬야 하겠죠. 6년 차가 되면 자립을 1년 앞둔 해잖아요. 무엇보다 자립을 구체적으로 준비해야 하는데, 그러려면 '꿈오'가 영주에 꼭 필요하다는 인식을 심어줘야 합니다. 연주만 잘한다고 되는 것이 아니라 '잘하는 연주를 어떻게 어디에서 하느냐'가 중요하거든요. 다른 지역 '꿈오'와 하는 합동 공연도 참여는 하겠지만, 일단 지역에 '꿈오'가 꼭 필요한 음악 단체임을, 나아가 영주의 자부심이 되도록 하고 싶어요. 그래야 우리 아이들도 선생님들도 영주에서 음악을 안정적으로 할 수 있거든요. 아이들이 자라서 '꿈오' 영주의 선생님이 되고, 영주의 음악 단체에서 활동하는 것, 또 다른 김세림 선생님이 세대를 거듭해서 더 많이 나왔으면 좋겠어요."

음악은 흐른다 〜〜〜〜〜

아리랑 고개 넘어
왕복 천릿길

정선아라리 꿈의 오케스트라 박종필(음악감독)

정선 카지노가 있는 사북 지역에 상주하는 '꿈오'
정선에서 플루트 강사로 활동하다 2017년부터
음악감독을 맡아왔다. 강사 대부분이 수도권에
거주한다는 난점이 있었지만, 이들과 함께 승합차로
정선, 서울을 오가며 그 시간을 소통의 계기로 삼았다.

"눈이 올려나/ 비가 올려나/ 억수장마 질려/ 나/ 만수산/ 검은 구름이/ 막 모여든/ 다// 아(어)리랑/ 아리랑/ 아라리/ 요/ 아리랑/ 고개고개로/ 나를 넘겨주/ 게// 아우라지/ 뱃사공아/ 배 좀 건네주/ 게/ 싸리골/ 올동백이/ 다 떨어진/ 다."

이렇게 시작하는 〈정선아라리〉는 강원도 일대에 불리던 오래된 민요인데 그중에 정선 지방의 '아라리'가 으뜸이어서 이 이름으로 남았다. 우리가 익히 알고 있는 〈아리랑〉은 〈정선아라리〉를 원류로 한 각 지역의 아리랑 중 경기·서도 지방의 (구)아리랑을 바탕으로, 개화기에 탄생한 신민요다. 〈진도아리랑〉〈밀양아

리랑〉 등 각 지역의 아리랑 역시 비슷한 과정을 거쳐 탄생했다. 이와 같은 학설에 기대면 수많은 '아리랑'의 시작은 〈정선아라리〉인 셈이다. '꿈오' 정선의 공연에서 자주 연주되는 〈아리랑 랩소디〉 역시 뿌리를 찾아가면 〈정선아라리〉를 만나게 된다.

'잠깐'에서 '오래'로

'정선아라리 꿈의 오케스트라'('꿈오' 정선)의 음악감독 박종필. 그는 2013년 9월 어느 날 정선을 처음 여행하게 되었는데, 여행에서 돌아온 뒤 한 달쯤 지나 당시 '꿈오' 정선의 음악감독을

음악은 흐른다 〰〰〰〰〰

하고 있던 선배에게서 운명처럼 연락을 받게 된다. '꿈오' 정선에 교육강사로 와달라는 것이었다. 여행지로도 먼 그곳까지 매주 두 차례 가야 한다는 조건도 고민스러웠지만 이전에는 생각해본 적 없는 자리였다. 몇 번을 사양했지만 선배의 설득은 계속됐다. 해서 '잠깐'을 조건으로 그는 정선으로 향한다.

"알려준 대로 사북청소년장학센터를 찾아갔죠. '이런 곳에서 아이들을 어떻게 키우나!' 할 정도로 교육적으로 열악한 곳이었어요. 폐광촌에 카지노가 들어선 곳이 있을 정도였죠. 장학센터 앞 개천 건너에는 모텔 등 숙박 시설이 즐비했고……. 먼 길을 달려온 것은 까맣게 잊고, 아직 얼굴도 못 본 아이들 걱정부터 했어요. 그런데 아이들을 처음 본 순간 정말 착하고 순수하고 귀여운 거예요. 우리 집 애들보다 더 착해 보였어요."

그렇다고 생각이 달라지지는 않았다. 있을 때까지만 열심히 해야 한다는 마음이 더 굳어진 정도였다. 그런데 시간이 지나면서 그는 아이들과 정이 들기 시작했다. 언제부턴가 아이들이 자신을 기다린다는 것을 알고 그 눈망울이 자꾸 떠올라 사북에서 집으로 돌아올 때, 마음은 쉽게 떠날 수가 없었다. 처음 이곳으로 왔을 때의 '잠깐'은 잠깐씩 지워지다 결국 눈 녹듯 사라지고 말았다.

"아이들과 지내는 동안 이 아이들에게는 정말 음악이 필요하겠다 싶었어요. 이런 환경에서 계속 자라게 되면 이 눈빛, 이 말씨가 어떻게 변할지, 걱정이 되는 거예요. 그때 이미 저는 '잠깐' 하려던 마음을 '오래' 하는 쪽으로 돌렸던 것 같아요. 그래서 결심했죠. 내가 이 아이들에게 줄 수 있는 게 음악밖에 없으니 그걸 주자, 하는…… 음악적으로는 정말 어설픈데 이 아이들이 내는 소리가 제 가슴을 파고드는 거예요. 세상에 없는 소리 같다고나 할까요."

'서울' 햄버거,
승합차 딜리버리 서비스

그때부터 그는 6년 동안, 장모상을 당했을 때를 빼고는 단한 번도 빠지지 않고 정선을 오갔다. 아이들이 언젠가 "선생님은 공연 같은 거 안 해요?" 하고 물었을 정도였다. 다른 파트의 선생님이 사정상 오지 못했을 때 "우리 선생님 안 와요?" 하는 모습이 측은해 보였기 때문에 빠질 수가 없었다. 그렇게 그는 달라졌다. 그해 두 달이 지나면서 더 이상 정선은, 사북은 먼 곳이 아니었다.

차차 아이들이 눈에 들어오자 아이들 한 명 한 명의 환경을 알게 되었다. '꿈오' 정선의 아이들 가운데에는 가정폭력에 노출된 아이도 몇몇 있었고, 가출해 몰려다니면서 어른들의 나쁜 짓을 흉내 내는 아이도 있었다. 그렇게 극단적 상황이 아니더라도

음악은 흐른다 ～～～～～

대체로 열악한 환경임에는 분명했다. 그렇기에 아이들에게 '꿈오'는 피난처나 쉼터 같은 곳이었다. 그래서 아이들은 연주 소리로 마음의 불안과 떨림을 날려 보내려 했는지도 모른다.

'꿈오' 정선이 5년쯤 됐을 때, 여러 이유로 음악감독과 교육 강사를 교체하게 되었다. 이때 그는 음악감독이 되었다. 특유의 친화력과 성실함으로 새로 구성된 선생님들과 다시 '와글와글'한 분위기를 만들어나갔다. 때로는 정겹게 때로는 단호하게, 때로는 즐겁게 때로는 진지하게 팀워크를 다져나갔다.

게다가 그는 산 지 얼마 안 된 작은 차를 팔고 11인승 승합차를 구입했다. 타악기 강사를 빼고는 모두 수도권에서 정선으로 다니고 있었는데 이들과 함께 오가기 위해서였다. 시간을 구태여 내지 않더라도 함께 움직이는 왕복 네다섯 시간이 오롯이 회의 시간이 되었다. 이때 아이들의 상황을 공유하고 일정도 조정하고 선생님들 개인의 고민까지 나누게 되었다.

"음악감독이 되고 승합차를 장만하고 나서 저의 모든 일정을 '꿈오' 정선에 맞췄어요. 강의도 화·목으로 맞췄고, 주차비를 내지 않는, 출강하는 대학을 허브로 해서 강사들이 모여 정선으로 가는 거예요. 공연이 있을 때는 선생님들 개인 악기도 싣고 좀 편히 가야 하니까, 선생님 중 또 다른 한 분께 부탁해 차 두 대로 움직였지만 평소에는 제 차로 움직였어요.

그런데 어느 날 트럼펫 선생님이 좀 늦겠다며 기다려달라고 하더라고요. 아이들에게 버
거킹 햄버거를 사주기로 했
다면서······. 사북에는 그 햄
버거뿐만 아니라 소위 유명
브랜드 햄버거 가게가 없거
든요. 가는 내내 맛있는 냄새가 진동해서 다른 때보다 더 배가 고
팠죠. 아무튼 그렇게 수도권의 모 대학에서 사북까지 선생님 셔
틀을 운행했던 거죠."

움직이는 회의실,
오며 가며 휴게실

　사람과 사람 사이를 가깝게 하는 데 같이 밥을 나누는 것만
큼 좋은 게 있을까? 어른도 그렇지만 아이들에게 먹을 것은 '신
앙'이다. '꿈오'에 간식 먹으러 나온다는 아이는 어느 '꿈오'에나
꼭 있을 것이다. 박 감독은 '꿈오' 정선의 아이들 과자 뺏어먹기,
과자 몰래주기 왕이다. 아이들뿐만 아니다. 선생님들에게도 '퍼
주기 왕'이다. 먹는 것뿐만이 아니다. 승합차를 생각한 것도 이런
성품 때문이다.
　"승합차로 다니면서 내내 운전을 해야 하기 때문에 피곤하

죠. 그래도 선생님들과 차 안에서 이야기를 나누고 휴게소에서 밥도 같이 먹고, 피곤한 선생님들은 또 자기도 하고요. 이 차가 움직이는 회의실이고…… 휴게실인 거죠. 일부러 시간 내서 회의하고 술자리 갖고 할 필요가 없는 거죠. 한 달에 한 번 회의를 하지만 그렇게 많은 시간이 필요하지는 않았어요. 코디네이터 선생님과 재단의 행정 담당 선생님도 참석하는 확대회의 형식인 거죠.”

　서울에서 ‘꿈오’ 정선이 있는 사북까지는 왕복 400킬로미터, 천릿길이다. 지역에서 ‘꿈오’ 선생님을 구하기 어려운 조건이기 때문에 ‘꿈오’ 정선의 선생님은 대부분 타지에 살고, 그러다 보니 오래 교육강사를 하기 힘들다. ‘달리는 회의실’은 먼 곳까지 다녀야 하는 조건에서 나온 역발상 같은 것이었다. 음악감독과 교육강사들이 팀워크를 이루는 방식은 거점마다 다를 것이다. ‘꿈오’ 정선은 먼 거리를 다녀야 하는 선생님들이, 그런 악조건을 뒤집어 장점으로 만들었다.

　“자립 거점으로 지낸 1년 동안 무엇보다 아쉬웠던 것은 결국 예산 문제더라고요. 자립 이후에는 특히 불안불안합니다. 아무리 아이들과 함께 ‘꿈오’답게 오케스트라를 만들어가도 한순간 사라질 것 같은 불안감이 있는 거죠. 아이들이나 선생님들과 생기는 문제는 머리를 맞대고 고민하면 해결할 수 있는 방안이 생기지만 예산은 참……. 그럼에도 이 사업이 오래가려면 이 문제를 해결해야 하겠죠. 진흥원에서도 많은 고민을 하겠지만, 좀 더 현장의 목소리에 귀를 기울였으면 좋겠어요. 지역마다 다 다른 조건이니까 표본조사보다는 전수조사가 필요할 것 같아요."

즐겁고 신나면
최고의 연주

축구선수가 되고 싶었던 까까머리 중학생 박종필. 음악 시간에 남다른 재능을 보인 그에게 음악 선생님은 악기를 연주해보라고 권했다. 하지만 그는 음악에 관심이 없었다. 그런데 어느 날 그에게 뮤즈가 날아들었다. 이화여고 대강당에서 추송웅 배우가 출연한 〈지저스 크라이스트 슈퍼스타〉를 관람한 것이 계기가 되었다. 조금씩 음악 쪽으로 기우는 마음을 의식하며 악기를 배우기 시작했다. 고등학교 올라와서 자신의 '사이즈'로는 도저히 축구를 할 수 없겠다 생각하고 플루트를 하게 되었다. 가난하지 않은 집이었지만 삼남매가 대학을 진학했고, 여동생도 성악을 했기 때문에 경제적으로 힘든 건 어쩔 수 없었다. 아르바이트를 하며 대학을 다닐 수밖에 없었고, 동생의 학비도 보태야만 했다.

"지휘는 어렸을 때부터 하고 싶었어요. 멋져 보였으니까. 당시 다니던 고등학교 관악부는 전통을 중시해서 매우 엄격했어요.

단상의 지휘봉을 만지면 선배들에게 '심하게' 혼났거든요. 어느 날 친구랑 합주실에 갔더니 선배가 아무도 없는 거예요. 그래서 지휘봉을 들고 친구에게 사진을 찍어달라 했어요. 그 사진을 책상 앞에 걸어놓고 '마에스트로'를 꿈꿨죠. 다니던 대학의 학부에는 지휘과가 없어서 교환교수로 온 외국인 선생님을 찾아다니며 개인 레슨을 받았어요."

그는 '꿈오'를 접하고, 아이들을 만나고 나서 생각도 삶의 방식도 많이 바뀌었다. 즐겁게 사는 삶, 즐거운 음악. 하는 사람도 듣는 사람도 모두 즐기는 음악이라면 어떤 음악도 좋다고 생각한다. 그래서 요즈음은 자유롭게 재즈와 대중음악을 넘나드는 곡에도 마음이 열리고 그 곡들로 '꿈오' 정선의 레퍼토리를 채우기도 한다. 성악 전공은 아니지만 노래 잘하는 코디네이터 선생님을 무대에 세우기도 했다. 곡은 〈만남〉. "우리 만남은 우연이 아"님을, 반주하는 아이들도 노래하는 선생님도, 그 모습을 보는 관중도 모두 즐거워했다. '됐다, 그것으로 충분하다, 모두 즐겁고 신나면 최고의 연주다.' 지금, 그가 생각하는 '마에스트로 마인드'다.

아이들이 주인공인
끝나지 않은 이야기

꿈의 오케스트라 '통영' 장은정(책임프로듀서)

'통영국제음악재단'의 교육사업팀 주임으로,
2017년부터 '꿈오' 통영의 행정 담당자로 일하고 있다.
엘 시스테마의 지향을 지역사회 환경에 맞게 적용하기
위해, 꿈오 통영의 음악감독과 강사, 코디네이터
사이를 조율하며 예술 행정을 펼치고 있다.

꿈의 오케스트라 통영의 여섯 번째 정기 연주회가 막 시작
되려는 순간, 객석에서 느닷없이 두루마기를 입은 외국인이 "마
에스트로!" 하고 소리치며 일어나 지휘자를 부른다. 그는 무대
로 성큼성큼 다가와 영어로 말한다. 그는 통영국제음악재단의 대
표, 플로리안 리임이다. 관객들이 잠깐 멈칫했지만 무대의 오케
스트라 단원은 미소 짓는다. 그는 지휘자 옆, 의자에 앉더니 유창
한 한국어로 외친다. "피터와 늑대!"

그가 새소리를 주문하자, 플루트가 새소리를 흉내 낸다. 오
리를 외치자 오보에가 오리 소리를 쏟아낸다. 고양이는 클라리넷

이, 늑대는 호른이, 할아버지는 바순이, 피터는 현악기가, 사냥
꾼의 총소리는 팀파니와 큰북이 묘사한다. 그리고 그는 '피터와
늑대'의 이야기를 풀어놓는다. 벤저민 브리튼의 〈청소년을 위한
관현악 입문〉과 함께 클래식 입문용 해설 음악인 프로코피에프
의 〈피터와 늑대〉는 '어린이를 위한 클래식 입문'이란 부제를 붙
일 만한 곡이다.

음악은 흐른다 〰〰〰〰

통영에서 음악을
한다는 것은

꿈의 오케스트라 통영의 책임프로듀서 장은정. 그는 '꿈오' 통영의 행정을 담당하는 '통영국제음악재단'의 교육사업팀 주임이다. 2017년 '꿈오' 통영의 행정 담당자가 되기 전에는 기획팀에서 근무하면서 공연 관련 업무와 재단 대표인 플로리안 리임의 비서 등으로 일을 했다. 그는 재단 입사 때부터 엘 시스테마와 '꿈오'에 관심을 갖고 다양한 정보와 자료를 찾아 공부하기도 했다. 무엇보다 어려운 가정환경의 아이들에게 음악을 할 수 있는 여건을 마련해준다는 데 마음이 움직였던 것이다.

통영은 예술의 고장이다. 백석, 유치환, 박경리, 김춘수, 윤이상……. 이루 다 나열하기 힘들 만큼, 많은 시인, 작가, 음악가들이 통영 출신이며, 2015년에는 유네스코 음악창의도시로 선정된, 더 이상 설명이 필요 없는 예술의 도시이다. '꿈오' 통영을 운영하는 통영국제음악재단 역시 작곡가 윤이상과 그의 음악을 기리기 위해 출발한 재단으로, 전국의 '꿈오' 거점기관 중 유일한 음악재단이다. 또한, '꿈오' 통영은 통영국제음악당에 상주하며 활동하기 때문에 음악적 기반이라는 측면만으로도 부러움을 살 만하다.

하지만 음악교육의 측면에서 보면 통영은 여느 지방 도시와 마찬가지로 열악한 상황이다. 초중고를 통틀어 예술을 전문적으로 가르치는 학교가 없고, 대학으로는 경상대 통영캠퍼스가 있지만 예술 관련 학과는 없다. 시립소년소녀합창단이 있고 민간 예술단체도 여럿 있지만, 공공성을 띤 예술교육, 특히 음악교육 시스템은 '꿈오' 통영 이외에는 찾기 힘들다. 장은정 프로듀서는 통영 출신으로 누구보다 이를 잘 알고 있다.

"재단에 입사할 때부터 저는 이 음악당의 역할은, 통영 시민이 여러 가지 방식으로 음악을 배우고 즐길 수 있도록, 제가 받은 것을 되돌려주는 것이어야 한다고 말했어요. 시민, 특히 그중

에서도 아이들의 음악교육이 정말 필요하다고 생각해요. 제가 엘시스테마와 '꿈오'에 관심이 많은 이유이기도 하고요. 직장을 선택할 때 저는 영리 조직보다는 재단이나 봉사 단체 등에서 비영리 업무를 하고 싶었어요. 이윤보다는 사람, 특히 아이들을 위해 일하는 단체를 원했던 거죠. 그래서 선택한 직장이 통영국제음악재단이고, 그 마음 따라 하는 일이 '꿈통' 일이에요."

아이들이 영어로 쓴 상소문

'꿈통'은 2019년 정기 연주회에서 새로운 도전을 했다. 〈피터와 늑대〉를 무대에 올리는 것. 쉽고 재미있게 들려도 연주는 꽤 어려운 곡이다. '꿈통' 아이들이 연습 과정을 잘 버텨낼 수 있을까, 하는 걱정이 선생님들 사이에서 일어났다. 우여곡절 끝에 〈피터와 늑대〉가 레퍼토리로 결정되고 연습이 한창 진행되던 어느 날, 결국 사달이 나고 말았다. 그동안 다른 곡들은 잘 소화해내며 자신감을 보였던 아이들, 그중에서도 바이올린 파트에서 반발이 일었다.

"〈피터와 늑대〉는 특히 바이올린 파트가 연주하기 어려운 곡이에요. 연습이 힘들어, 바이올린 파트의 두 단원이 재단 대표께 편지를 보냈던 거예요. 재단의 플로리안 리임 대표님이 의욕

To. Florian Lime president!
Hello, this is the first of the violin
that belongs to the orchestra of
dreams. The reason why we wrote
letter is because "Peter and the Wolf"
are difficult song to play. I feel
like we are not good enough to play
this kind of song. Our part teacher
is having a hard time teaching us
So we would like to ask you to do

을 가지고 레퍼토리로 넣자고 하셨던 곡이거든요. 무려 영어로
편지를 쓸 만큼 아이들에게는 절실했던, '영어 상소문'이었어요.
아이들이 행동에 나서자, 이번에는 주요 강사 열세 분이 감독님
께 아이들이 좀 더 실력을 쌓아 내년에 해보자는 의견을 냈어요.
감독님은 선생님들의 의견을 다 듣고 나서, 어려움은 이해하지만
실패해도 좋으니 이 곡에 도전해보자고 설득했고, 무엇보다 '약
속은 지키는 것보다 지키려고 노력하는 게 중요하다'며 '함께 다
시 마음을 다잡아보자'고 하셨어요.

　　그러고 나서 감독님과 선생님들이 이 곡을 하는 게 어떤 의
미가 있는지 아이들이 이해하게 했고, 단원들은 힘든 연습 과정
을 잘 넘겨 무대에 올랐죠. 저는 그 과정을 지켜보면서 우리 '꿈
통' 아이들이 어렵고 힘든 연습 과정을 잘 이겨냈다는 점도 대견

했지만 무엇보다 자신들의 문제를 스스로 해결하기 위해 의견을 모으고 아이디어를 내서 행동했다는 점이 감격스러웠어요. 언젠가 단원들이 직접 기획한 음악회를 추진해볼 수 있겠다는 가능성을 봤죠. 이 아이들과 함께하면 일이 자꾸 늘겠구나 싶었지만 왠지 기분은 좋았어요."

'꿈통'의
세에라자드

재단의 교육사업팀은 기획팀보다 신경 써야 할 일이 꼬리에 꼬리를 물고 이어진다. '꿈오' 통영만 놓고 보더라도 단원은 70여 명이지만 단원들 가족의 관심이 크기 때문에, 또 관심이 없는 가족은 관심을 갖도록 해야 하기 때문에 실제 신경 써야 할 사람은 단원의 세 배가량 된다. 여기에 외부 공연이나 캠프, 워크숍이 잡히면 일은 걷잡을 수 없이 커진다. 그럼에도 그를 힘들게 하는 것은 돌봐야 할 아이들, 신경 써야 할 사람들이 아니다. 힘든 것은 오히려 '꿈오'를 둘러싼 어른들의 이해관계다.

아이들은 보이는 그대로 얌전하기도 하고, 개구지기도 하고, 의기소침하기도 하지만 이유를 묻고 그에 맞춰 대하면 그렇게 힘들지 않다. 하지만 어른들은 뭔가 성과를 내야 한다고 그것에 맞춰 아이들을 움직이도록 하기 때문에 힘들다는 것이다. 이런 고민도 아이들을 좋아하는 자신의 천성 때문인 것 같다지만, 실상 그에게 '꿈오'는 운명이라 해도 될 것 같다. 그의 이야기 주머니에는 아이들 이야기가 한가득하다.

"초등학교 때 '꿈통'에 들어와서 중학생이 된 진수(가명)라는 아이가 있는데 그 아이의 어머니한테서 전화가 왔어요. 우리 아이가 캠프 갔다 와서, 방에서 혼자 대성통곡을 했다고요. 그런데 왜 우는지 말을 안 한다는 거예요. 얼마 지나 진수에게 코디네이터 선생님이 차분히 그 이유를 물었어요. 그러자 말을 하는 거예요. 오케스트라에서 만난 지 5~6년 된 친구가 엄마가 없다는 걸 처음 알았다는 거예요. 캠프에서 우연히 진실게임을 하면서요. 지금까지 자기가 친구한테 철없이 장난치고 엄마 얘기도 많이 한 게 너무 미안해서 그랬다는 거였어요. 둘은 그때 이후로 더 친해졌어요."

그의 이야기에는 아이들을 사랑하는 마음이 듬뿍 묻어 있다. 그래서 듣는 사람도 시간 가는 줄도 모르고 이야기를 듣게 된다. 화제를 바꿔 다른 이야기를 들어야 하는데도, 그의 이야기를 멈출 수가 없다. 『아라비안나이트』의 셰에라자드처럼.

"악장인 효영이(가명)는 따뜻한 리더십을 발휘했어요. 같이 온 친구와 동생도 잘 챙길 뿐만 아니라, 여기서 만난 다른 친구들 동생들도 잘 보듬었어요. 그뿐이 아니에요. 지난 스승의 날에는,

감독과 강사 선생님은 물론 행정을 담당하는 저희들, 열다섯 명 정도 되는 선생님들 모두에게 맞춤 편지를 써서 마음을 전했어요. 편지를 읽다가 모두 붉어진 눈으로 서로를 바라보다가 또, 웃었어요."

이야기는 계속 이어졌다. 산만하고 감정을 다스리지 못했던 아이가 따뜻한 선생님에게 오보에를 배우면서, 그 악기의 부드러운 소리처럼 자신의 화를 다스릴 줄 알게 되었다. 또, 한 아이는 어느 날 뺨에 커다랗게 손자국이 난 채 나타났는데, 이 일로 평소 폭력적이었던 그 아이의 가정환경을 짐작할 수 있었다. 그런 아이가 악기를 하면서 폭력성이 줄어들고 '꿈오' 통영을 안식처처럼 생각하게 되었다. 초등학생이었음에도 아직 한글을 깨치지 못한 한 아이는 이곳에서 한글을 깨쳤다고 해도 과언이 아닐 정도로 선생님과 친구들의 도움을 받았다. 한 아이도 놓치지 않는 관심과 사랑이 그가 이 일을 이어가는 원동력인 듯했다.

과정도 행복한
아이들의 '꿈통'

장은정 피디는 어려운 곡을 잘 소화해내서 성취감을 얻는 아이들보다 그 과정에서 잘 따라가지 못한 아이들의 어려움을 신경

쓴다. 아이들만으로 '꿈오'를 꾸려갈 수는 없지만, 그럼에도 어른은 최대한 넓은 공간을 만들어주는 데 그치고, 그 안에서 아이들이 마음껏 자신을 펼치도록, 실패도 스스로 이겨내도록 했으면 한다. 그 모습이 어떤 모습인지, 어떤 시스템인지 당장 설명할 수도 없고, 실행할 수도 없지만 '아이들 중심의 꿈오'라는 방향으로 갔으면 하는 바람이 그에게 있다.

결과의 성취감 못지않게 과정도 행복하고 즐겁기를, '꿈오'의 여러 가지 프로그램에 이를 적용할 수 있도록 음악감독과 강사, 코디네이터 모두와 협의하고 그들 사이를 잘 조율하려고 애쓴다. 2020년 자립 거점 첫해를 맞아 더욱 아이들이 행복하고 신나게 놀 수 있는 '놀이터', 꿈이 가득한 커다란 '꿈통'이 되기를 바란다. 그가 좋아하는 시벨리우스의 〈바이올린 협주곡 D단조 Op. 47〉처럼 그의 생각은 시원하고 드라마틱하다.

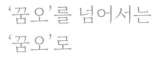

'꿈오'를 넘어서는
'꿈오'로

예술경영 컨설턴트 서지혜(인컬쳐컨설팅 대표)
대학에서 작곡을 대학원에서 공연예술경영을
전공하고, 뉴욕필하모닉오케스트라, 세종문화회관을
거쳐 2010년 '꿈의 오케스트라 네트워크지원본부'를
운영하며 꿈오의 첫걸음에 함께했다. 예술경영, 문화
정책 연구, 컨설팅을 하며, 한예종에 출강하고 있다.
'사회참여적 음악가 네트워크'를 형성, 음악가의 사회적
역할 확장에도 힘을 보태고 있다.

오늘날 음악은 정제된 음뿐만 아니라 숨은 음, 달아난 음, 쫓
겨난 음, 소외된 음처럼 버려졌던 소리, 소음조차 음악 안으로 끌
어온다. 심지어 침묵으로 이루어진 음악도 있다. 모든 음악은 침
묵을 포함한다. 침묵이 없는 곡이 있을까? 음과 음 사이는 모두
침묵이다. 모든 소리가 음악이 되듯 이제, 누구나 음악을 할 수
있고, 하고 있다. 현대음악은 정제된 소리를 잘 내는 사람만의 예
술이 아니다. 아름다운 소음을 내는 사람, 침묵으로 세계를 표현
하는 사람, 그런 소리를 내는, 그런 소리와 같은 사람이 어울려
사는 곳이 세상이고, 그 소리의 향연이 음악이다.

인컬쳐컨설팅 대표이자 예술경영 컨설턴트 서지혜. 그는 2010년 한국문화예술교육진흥원의 '오케스트라 교육 실행 가이드' 연구를 수행하여 사업운영 체계를 개발하고, '꿈의 오케스트라 네트워크지원본부'를 운영하며 한국형 엘 시스테마, 꿈오의 첫걸음에 함께했다. 예술경영과 문화 정책 관련 연구, 컨설팅을 하며 한국예술종합학교 등에 출강하여 후배를 양성하고 있으며, '사회참여적 음악가 네트워크'를 형성하여 음악가의 사회적 역할을 확장하는 데에도 힘을 보태고 있다. 그는 왜 예술경영 컨설턴트가 되었을까?

"작곡을 전공했어요. 청소년기에는 캐나다에 살았는데, 예중 예고를 다닌 게 아니라 일반 학교를 다니면서 토론토대학의 콘서바토리를 병행했어요. 음악사, 화성학 등 이론을 체계적으로 배웠죠. 그때 정말 좋았어요. 그러다가 한국에 오게 되었는데, 캐나다와 달리 음악을 하기 힘들더라고요. 그래서 포기하고 지내다가 다행히 도움을 주시는 선생님을 만나 음대에 들어갈 수 있었어요.

그런데 클래식 음악과 사람들 사이가 매우 멀다는 것을 느꼈죠. 괴리감 같은 거죠. 대학생인데도, 음대 이외의 학생들은 음악과는 너무 멀리 있다는 생각을 하게 되었어요. 그들 몇몇은 '나 같은 사람도 세종문화회관에 가도 될까?' 하고 질문하는 거예요. 또, 저는 정악을 하는 국악 동아리 활동을 했어요. 매 학기 연습

해서 공연을 올렸는데, 홍보에 노력을 기울여도 가족과 친구들만 왔어요. 작곡가의 현대음악 무대도 다르지 않았고요. 썰렁한 객석과 정말 음악이 좋아서 하는 사람들 사이의 괴리감, 이 간극을 좁히는 역할은 무엇일까, 하는 고민을 했죠. 그래서 공연기획사에서 일을 하다가 뉴욕대 대학원에서 공연예술경영을 전공하고, 뉴욕필하모닉오케스트라, 세종문화회관을 거쳤죠. 콘텐츠 분야로 건너갔다가 결국엔 다시 예술 분야로 돌아왔어요. 최근에 예술교육 관련 연구 컨설팅을 많이 하는데, 이길을 걷게 한 첫 질문에 답을 구하고 있는 것 같아요."

음악가가 곧 시스템인
엘 시스테마

10년 전 한국에서 엘 시스테마가 음악 하는 사람들 사이에 회자될 즈음, 그는 이에 관심을 가지고 관련된 정보를 찾고, 연구를 해나갔다. '꿈오' 사업 전에 서울시립오케스트라에서 '한국형 엘 시스테마 사업 추진을 위한 기초조사'와 '우리동네오케스트라 기본계획 및 실행방안 수립' 연구를 수행했다.

"엘 시스테마는 '베네수엘라 청소년과 어린이 오케스트라 전국 시스템을 위한 정부재단'이라는 긴 이름을 줄인 말로, 스페

인어로 '엘 시스테마', 영어로는 'The System'이죠. 이 약칭이 그
대로 고유명사로 쓰이고 있습니다. 그런데 아이러니하게도 엘 시
스테마에서는 시스템을 지향하지는 않는다고 해요. 중앙 재단과
지역의 센터들, 악기 공방과 악기별 개발 센터들이 시스템을 갖
춘 듯 보이지만, 각 센터 운영에 있어서는 레퍼토리만 공유할 뿐
절대적인 운영 가이드가 있지는 않다는 거죠. 지역사회의 다양한
요청으로 확장해나갈 때에도 초기에 함께한 오케스트라 단원을
파견해 그 음악가들이 '지역에 맞게 일군 것'이에요. 엘 시스테마
창시자인 아브레우 박사가 '존재하지만 존재하지 않는' 형태라고
설명한 것은, 지역사회에 필요한 음악교육에 최선의 방식으로 다

음악은 흐른다 〜〜〜〜〜〜〜

가가면서도 늘 배우고 수정하며 더 나은 방식으로 나아갈 수 있어야 함을 강조한 것이에요. 그러니까 이 프로그램에 체화된 음악가가 지속적으로 더 나은 운영과 교육을 찾아가는 시스템 그 자체라고 할 수 있죠."

엘 시스테마의 슬로건인 '음악을 연주하며 싸워라'를 지역사회의 상황에 맞게 적용하는 유연하고 자유로운 시스템이 바로 엘 시스테마라는 이야기다. 결국 '무엇'과 '어떻게'는 현장에 따라 달라질 수 있으며, 그것을 판단하고 결정하고 진행해나가는 것은 사람(음악가)이라는 것. 그렇다면 한국형 엘 시스테마인 '꿈오'의 사람은 어떤 모습일까?

"베네수엘라의 엘 시스테마를 그대로 우리 사회에 옮겨놓는다고 해서 잘되지는 않는다는 게 문제이자, 또 이 사업의 장점이겠죠. 유연하다는 것, 자유롭다는 것, 음악가에게 맡긴다는 것이 그렇죠.

'꿈오'는 베네수엘라와는 달리, 정부 사업으로 진행되고 있습니다. 베네수엘라와 다르기 때문에 문제인 것은 아니겠죠. 오히려 국가 예산이 있으니 더 안정적 운영이 가능하다는 장점이 있으니까요.

하지만 어떤 기관의 운영 관리 체계로 인해 그 유연성과 확장성을 발휘할 여지가 꺾이고 동기부여 된 활동을 실현할 방법과 범주가 제한되는 것 같아요. 예산 지원에 따른 관리 강도를 높이기보다 사업 실행 주체가 주도적으로 관리해 자체적으로 평가하고 책임지며 나아갈 수 있게 해줘야 하지 않나 싶어요. 10년 동안 '꿈오'를 통해 경험을 축적한 음악가, 그러니까 '꿈오' 사람들이 지역사회에서 활동을 하기 때문에 '꿈오'의 10년이 가능했다고 생각해요. 그에 견줘 진흥원이나 거점기관의 행정 담당자는 업무의 지속성이 보장되지 않는 게 문제인 거 같아요. 각 지역의 거점에서 유연하게 진화해갈 수 있게 하려면 진흥원 담당자 중에서도 온몸이 '꿈오'인 전문가가 있어야 하는데 말이죠."

'꿈오'는 한국 사회의
새로운 물결

'꿈오'의 가장 큰 성과는 사람이고 가장 중요한 시스템 역시 사람이다. 음악감독과 교육강사, 코디네이터 등 음악가는 어림잡아 계산하면 한 거점당 15명 내외이고, 47개 거점을 모두 합하면 700여 명에 이른다. 이들의 헌신과 열정으로 '꿈오'는 2800명이 넘는 아동 청소년 단원과 47개 거점을 통해 지역사회의 변화를 일궈가고 있다. 연 인원으로 계산하면 그 수는 훨씬 많다.

"한국 사회에서 '꿈오'는 새로운 물결을 일으켰다고 생각해요. 클래식 음악교육으로만 한정해보더라도 그렇겠죠. 물론 이

변화의 바람이 아직은 도제식 영재교육형 음악교육까지 변화시
키지는 못했지만 젊은 음악가들에게는, 영향을 끼쳤다고 봅니
다. '꿈오'를 통해 새로운 시각으로 실천을 이어온 음악가들이 자
산이고 성과라고 생각해요. 이미 '꿈오 음악가이자 교육자'의 정
체성을 갖게 된 이들이 앞으로 지역사회에서 필요로 하는 음악교
육의 역할을 이어갈 수 있도록 고민해줬으면 합니다. 진흥원은
정책과 예산, 사업의 사명과 영향을 정부, 사회와 소통해 공감케
하는 역할을, 운영 기관의 담당자는 지역 차원에서 구현 방식을
고민하고 협력적으로 운영하는 역할을 해야 한다고 생각해요. 음
악가들에게는 그들의 헌신에 걸맞은 권한을 줘 지역사회에 더욱
밀착된 '꿈오'를 일궈나가도록 했으면 합니다."

지역사회에 뿌리내릴
음악가 지원을

　무엇이 되기 위한 '정체성 교육'을, 무엇을 하기 위한 '수행성 교육'으로 변화시켜나간 과정이 지난 10년의 '꿈오'였다. 이 과정에서 아이들뿐만 아니라 강사와 음악감독, 나아가 꿈오에 관련된 모든 사람이 음악교육의 새로운 패러다임의 수혜자이자 행위자이기도 하다. '꿈오'의 음악교육은 또한, 이전까지의 계단식 발전이 아닌, 비유하자면 도화지에 스포이트로 물들이듯 서서히 스미는 방식이기 때문에 무엇보다 포기를 최소화할 수 있다. 민주적 시민 교육을 오케스트라 교육으로 구현하기에 자연스럽고, 일방적이지 않다. 다만 이 방식이 아직까지는 '꿈오' 밖으로 크게 퍼져나가지 못한 아쉬움이 있다. 이를 극복하기 위해서 무엇을 해야 할까?

　"많은 것을 하려고 하지 말고, 정말 필요한 게 무엇인지 핵심적인 것을 찾아야 해요. '꿈오'를 알고 있는 사람들은, 지난 10년의 성과는 사람이라는 데 대체로 동의할 거예요. 사람이 바로 10년 '꿈오'의 자산인 거죠. '꿈오'의 음악가들이 도전하고 헌신해오면서 새로운 음악교육의 패러다임에 걸맞은 음악(교육)가로 변화한 거죠. 이제는 이들이 지역사회에서, '꿈오'가 확산되거나 파생된 방식으로 활동할 수 있도록 지원하면 어떨까 합니다.

가능하면 그들이 단체를 만들어 활동할 수 있도록 지원이 필요하 겠죠. 아동·청소년뿐만 아니라 영유아에서 노년까지 대상을 확 대하고 가족 단위의 오케스트라 활동도 키워갈 수 있겠지요. 재 능 있는 단원은 이미 존재하는 영재교육 시스템에 적극적으로 연 계해주는 역할도 부가적으로 해야 한다고 생각해요."

서지혜 대표는 최근 북유럽의 현대음악가인 아르보 페르트 의 음악을 좋아한다. 최근이라고 한 이유는, 그때그때 마음에 와 닿는 음악과 음악가가 달라지기 때문이다. 전위적인 현대음악과 달리 아르보 페르트의 음악은 편안하다. 여백이 많은 그림처럼, 음과 음 사이, 무음의 공간이 넓다. 미니멀하지만 전위적이지 않 은, 편하게 들을 수 있는 음악이다. 사람을 쉬게 해주지만 생각을 멈추게 하지는 않는다. 음과 음 사이, 생각을 열게 한다.

음악과 사람 사이의 간극, 괴리감을 고민하며 예술경영의 길 에 접어들었던 서지혜 대표는 클래식 음악은 한국인에게 어떤 의 미인가를 화두로 자신의 음악 활동을 이어왔다. 사람을 격려하 는 음악, 그 시작은 '엘 시스테마' '꿈오'이고, 이는 여전히 유효 하다. 그는 이제 '포스트 꿈오'를 꿈꾼다. 더 자유롭고, 더 유연하 고, 더 민주적이고, 더욱더 지역에 뿌리내린.

한국문화예술교육진흥원

'꿈의 오케스트라'
사업운영 현황

1. 사업운영 체계

한국문화예술교육진흥원은 지역별 거점기관과 협력하여 꿈의 오케스트라의 안정적인 운영을 지원합니다. 오케스트라 활동을 통해 지역이 발전하고 성장할 수 있도록 운영 연차별 로드맵을 수립하고, 다양한 프로그램을 추진하고 있습니다.

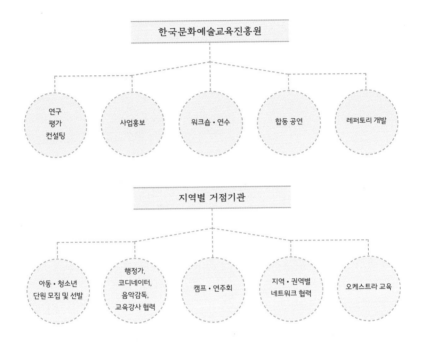

2. 거점기관 로드맵

3. 지역별 거점기관 현황 총 47곳

서울 4개소
성동문화재단(2기)
성북문화재단(3기)
구로문화재단(4기)
중구문화재단(9기)

경기 북부 2개소
연천군시설관리공단(4기)
남양주도시공사(8기)

경기 남부 9개소
부천문화재단(1기)
군포문화재단(2기)
김포시청소년육성재단(3기)
안산문화재단(3기)
안양문화예술재단(3기)
평택청소년문화센터(3기)
오산문화재단(4기)
용인문화재단(6기)
하남문화재단(8기)

충북 2개소
청주시문화산업진흥재단(2기)
충주중원문화재단(8기)

강원 7개소
춘천시문화재단(1기)
원주문화재단(2기)
강릉문화원(3기)
정선아리랑문화재단(3기)
인제군문화재단(6기)
평창문화원(6기)
영월문화재단(7기)

충남 4개소
홍성군청소년수련관(5기)
아산문화재단(3기)
충남문화재단(6기)
세종문화원(6기)

전북 5개소
익산문화관광재단(1기)
부안아리울오케스트라단(2기)
장수문화원(3기)
고창문화원(7기)
무주군청소년수련관(10기)

경북 5개소
안동문화예술의전당(3기)
포항문화재단(3기)
수성문화재단(3기)
한국예술문화단체총연합회
영주지회(5기)
대구광역시청소년수련원(10기)

경남 5개소
창원문화재단(3기)
통영국제음악재단(4기)
창녕군청소년수련관(6기)
부산동구문화원(7기)
김해문화재단(9기)

전남 4개소
목포문화재단(2기)
무안희망의오케스트라단(2기)
광주남구문화예술회관(3기)
소촌아트팩토리 꿈의 오케스트라
운영위원회(9기)

4. 사업 연혁

2010

· 8개 지역 시범 거점기관 선정

2011

· 꿈의 오케스트라 출범
· 3개 거점기관 운영 시작

2013

· 제1회 꿈의 오케스트라 합동 공연
· 꿈의 오케스트라&베네수엘라 카라카스 유스 오케스트라 합동 공연
· SBS 스페셜 <기적을 만든 아이들-꿈의 오케스트라> 방영

2014

· 지역 거점기관별 교류 공연(총 16회)

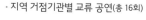

2017

· 꿈의 오케스트라 합동 공연(평창올림픽 성공 개최 기원)
· YTN 다큐멘터리 <꿈의 오케스트라> 제작 및 방영

2018

· 바이올린 초급교재 시범개발

2012

· 한국문화예술교육진흥원-엘 시스테마 업무협약 체결
· 꿈의 오케스트라 교육강사 해외연수(베네수엘라) 진행

2015

· 꿈의 오케스트라 페스티벌 개최

2016

· 아동변화연구(2016~2018)

2019

· 국제 협력사업 추진-구스타보 두다멜(LA 필하모닉
  상임지휘자) 내한
· 창작동요 공모
· 아동변화연구(2019~2021)

2020

· 10주년 기념 합동 공연
· 10주년 기념 도서 『음악은 흐른다-
  어디에서든 누구에게나』 발간